LYNETTE EASON

GEHEIMNISSE VON TANNER HOLLOW

Aus dem amerikanischen Englisch von Susanne Naumann

SCM
Hänssler

SCM

Stiftung Christliche Medien

SCM Hänssler ist ein Imprint der SCM Verlagsgruppe,
die zur Stiftung Christliche Medien gehört, einer gemeinnützigen Stiftung,
die sich für die Förderung und Verbreitung christlicher Bücher,
Zeitschriften, Filme und Musik einsetzt.

MIX
Papier | Fördert gute Waldnutzung
FSC® C014496
www.fsc.org

SCM Hänssler in der SCM Verlagsgruppe GmbH
Max-Eyth-Straße 41 · 71088 Holzgerlingen
Internet: www.scm-haenssler.de; E-Mail: info@scm-haenssler.de

Originally published in English under the title:
Protecting Tanner Hollow – Lethal Secrets

Originally published by Revell, a division of Baker Publishing Group,
Grand Rapids, Michigan, 49516, U.S.A.

Übersetzung: Susanne Naumann
Lektorat: Anne-Julia Haupt, HauptLektorat.de
Umschlaggestaltung: Jan Henkel, www.janhenkel.com
Titelbild: Adobe Stock: Wald – stone36; Straße – Denys; Diner/unsplash
Autorenfoto: © Mary Denman
Satz: Satz & Medien Wieser, Aachen
Druck und Bindung: GGP Media GmbH, Pößneck
Gedruckt in Deutschland
ISBN 978-3-7751-6178-7
Bestell-Nr. 396.178

Für meine Familie,
die hundertprozentig an mich glaubt.
Ich liebe euch.

Für Jesus.
Meine Liebe zu dir wächst von Tag zu Tag.

Eins

Honor McBride packte das Lenkrad fester. Ein schneller Blick in den Rückspiegel zeigte ihr, dass sie nicht mehr verfolgt wurde. Aber sie war sich nicht sicher, ob es ihr gelungen war, ihre Spuren gut genug zu verwischen. Die Abstände, in denen sie sich nervös umsah, wurden immer kürzer.

»Ich habe Hunger«, meldete sich eine Kinderstimme.

»Sind wir bald da?«

»Ich bin müde.«

»Ich will nicht mehr weiterfahren.«

»Wie lange noch?« Das war Christopher. Er meldete sich als Letzter. Der knapp Dreizehnjährige lümmelte im Sitz und lehnte sich gegen die Autotür. Trotz seiner lässigen Haltung wirkte er angespannt.

»Ich habe doch gesagt, in zehn Minuten sind wir da«, antwortete Honor.

»Das hast du vor dreißig Minuten gesagt«, piepste Gus. »Ich bin zwar erst sieben, aber ich kenne die Uhr schon.«

»Ich weiß, Gus.« Sie versuchte, beruhigend zu klingen, doch die Fähigkeit zu reden, ohne dabei mit den Zähnen zu knirschen, hatte sie bereits vor knapp tausend Kilometern verloren. »Das Navi hat uns auf den falschen Weg geführt. Die Dame an der Tankstelle meinte, wir müssten hier entlangfahren.« Sie hob das Blatt mit der Wegbeschreibung hoch.

»Ich bin so hungrig«, sagte Beth Ann. Ihr Lispeln ließ es klingen wie: »Ich bin *ſo* hungrig.« Beth Ann hatte im Alter von zweieinhalb Jahren angefangen, ihre ersten Worte zu lesen. Jetzt, drei Jahre später, machte ihr Wortschatz dem eines Englischprofessors Konkurrenz. Doch die Aussprache ihrer sprachbegabten Tochter ließ sie besonders niedlich wirken.

»Wir sind alle hungrig. Wir sind aber ganz sicher rechtzeitig da, um noch etwas einzukaufen, bevor die Läden schließen.« Honor schaute auf die Uhr auf dem Armaturenbrett ihres uralten Kombis aus den 1980er-Jahren. Der Mercury Colony Park war fast fünfunddreißig Jahre alt, doch etwas Besseres konnte sie sich mit ihren begrenzten Mitteln nicht leisten. Sie hatte ihn gekauft, weil er groß genug für ihre kleine Mannschaft und ihre wenigen Habseligkeiten war.

Honor warf abermals einen Blick in den Rückspiegel. Da hockten sie auf dem Rücksitz. Mit dem weißblonden Haar und den blauen Augen ihrer Mutter sahen sie aus wie Kopien voneinander. Von Lorenzo hatten sie wenig geerbt. Honor wusste, dass das in ihrem Heimatort Anlass zu einer Menge Gerede geführt hatte. Doch das war ihr egal. Sie kannte die Wahrheit und das allein zählte. Und außerdem besaßen sie nicht ihre blasse, sonnenempfindliche Haut, sondern bekamen im Sommer alle einen wunderschönen, zartbraunen Teint, den sie ihrem Vater verdankten.

Sie richtete den Blick wieder auf die Straße vor sich und schob die Erinnerungen an ihren toten Ehemann und die schlimmen Zeiten weit von sich – ebenso wie die Tatsache, dass sie und ihre Kinder in Gefahr waren.

»Hey! Hör auf! Mama, Samuel hat mich gehauen«, jammerte der zehnjährige Harry.

»Hab ich nicht!«, protestierte Samuel, der Zwillingsbruder von Gus. »Es war höchstens ein ganz leichter Schubs, weil du dich schon wieder so breit machst. Rück rüber!«

Als die Jungs mal wieder anfingen zu streiten und Beth Ann schließlich zu weinen begann, stiegen ihr Tränen in die Augen, wollten überfließen. Doch da sie auf die harte Tour gelernt hatte, dass Weinen nichts nützte, gab sie dem Bedürfnis nicht nach. Allerdings überlegte sie wohl zum millionsten Mal, seit sie vor nunmehr acht Tagen diese Fahrt angetreten hatten, ob ihr Beschluss wegzulaufen, nicht ein großer Fehler gewesen war.

Aber nein, sie hatte keine andere Wahl. Nicht nach dem jüngsten Zwischenfall. Jemand hatte versucht, sie von der Straße abzudrängen. Jemand wollte ihr und ihren Kindern schaden oder sie vielleicht sogar umbringen. Sie musste sie in Sicherheit bringen. Koste es, was es wolle.

* * *

Der Mann war an einem sonnigen Sonntagnachmittag zu ihr nach Hause gekommen.

»Lorenzo war mir noch was schuldig. Sie sind seine Frau, jetzt sind Sie mir was schuldig.«

»Ich habe kein Geld.«

»Dann sollten Sie sich besser eins besorgen. Sie haben fünf Tage, um es zusammenzukratzen, dann komme ich wieder. Verkaufen Sie doch eins von den Bälgern – da können Sie richtig was rausschlagen. Aber behalten Sie für sich, dass ich hier war, verstanden? Wenn Sie die Bullen verständigen, müssen es Ihre Kinder büßen.« Er trat näher, drängte sie gegen die Anrichte, hob eine Hand und strich ihr mit einem Finger über die Wange. »Oder vielleicht nehme ich auch dich. Du bist bestimmt fünfzig Riesen wert.« Sie gab ihm einen Stoß und er trat zurück, doch seine harten Augen ließen sie nicht los. »Fünf Tage.«

Sie war in Panik geraten, hatte in höchster Eile das Notwendigste eingepackt, die wichtigsten Papiere genommen, ihre Kinder eingeladen und war losgefahren. Sie hatten nur noch sie und sie war entschlossen, am Leben zu bleiben und sie aufwachsen zu sehen.

Ein weiterer Blick in den Rückspiegel bestätigte ihr, dass sie immer noch nicht wieder verfolgt wurden. Oder jedenfalls konnte sie im Moment niemanden entdecken.

»Ihr seid jetzt mal still«, befahl Christopher seinen Geschwistern. »Mama ist müde.«

»Wir sind alle müde«, erwiderte Harry mürrisch.

»Und am Verhungern«, fügte Beth Ann schniefend hinzu.

»Hey Leute, guckt mal!« Maßlose Erleichterung überflutete Honor. »Da ist das Schild!«

Beth Ann las vor: »Willkommen in Tanner Hollow.«

»Was für ein popeliger Name für eine popelige Stadt«, meinte Harry.

Auf Honors Gesicht zeigte sich zum ersten Mal seit Langem der Anflug eines Lächelns. »Pass auf, dass du dich mit deinem Optimismus nicht übernimmst, Harry.«

Sie bog links ab und folgte den Wegweisern in die Innenstadt von Tanner Hollow. Es war erst halb fünf am Nachmittag, doch es dämmerte bereits. Wenn es dunkel wurde, würde es empfindlich kalt werden, aber zum Glück war der November im Süden fast so warm wie in Texas.

Die Kinder drückten ihre Nasen gegen die Autoscheiben. Der Anblick der hübschen Geschäfte, die die Straßen säumten, war eine angenehme Überraschung. Manche Schaufenster waren schon weihnachtlich dekoriert, dabei stand gerade erst Thanksgiving vor der Tür. Die Bürgersteige waren noch belebt, die Menschen saßen in warmen Mänteln, Handschuhen und Mützen auf Bänken vor den Läden.

»Ganz nett hier«, ließ Christopher sich gnädig vernehmen.

»Guck mal, das Spielzeugge*ſ*äft da drüben«, sagte Beth Ann. »*F*o viele Lichter! Wie viele da*ſ* wohl *ſ*ind? Ob ich *ſ*ie zählen kann?«

Eine leise Hoffnung regte sich in Honors Brust. Im nächsten Moment ließ ein lauter Knall sie zusammenfahren. Der Kombi schlingerte und schleuderte nach rechts. Sie schrie auf, die Kinder ebenfalls. Honor trat mit aller Kraft auf die Bremse.

Als der Wagen stand, öffnete sie zitternd die Tür. Die Angst schnürte ihr die Kehle zu. Hatte er sie aufgespürt? Hatte er auf sie geschossen? Sie musste sich verstecken, musste ihre Kinder beschützen, aber wie?

In Panik lief sie um das Auto herum. Der Vorderreifen war platt, platt wie ein Pfannkuchen. Mit diesem Reifen konnte sie keinen Meter mehr fahren. Hatte ihn tatsächlich eine Kugel getroffen oder war sie nur über etwas Messerscharfes gerollt? Woher sollte er wissen, dass sie hier war? Wie konnte er ihr hier auflauern? Wie hätte er sich verstecken und auf ihren Reifen schießen können?

Sie presste eine Hand auf ihr heftig klopfendes Herz und holte ein paar Mal tief Luft. Sie musste sich beruhigen. Keiner hatte auf sie geschossen. Es war nur eine Reifenpanne. Sie hätte die Reifen schon wechseln müssen, als sie das Auto gekauft hatte. Es hatte so kommen müssen.

»Äh – Ma'am?«

Honor fuhr herum und blickte auf, blickte noch ein wenig weiter hoch. Ein sehr großer Mann mit breiten Schultern und dichtem rotem Haar – ein höchst attraktiver Mann mit smaragdgrünen Augen – musterte sie besorgt.

Honor wurde sich plötzlich bewusst, dass sie den gut aussehenden Riesen, der da wie vom Donner gerührt vor ihr stand, anstarrte – und dass er zurückstarrte. Sie räusperte sich verlegen und zog ihren kirschroten, langärmeligen Pullover über ihrer Jeans glatt.

Er deutete auf das Auto. »Sie scheinen da ein Problem zu haben. Kann ich Ihnen helfen?«

Sie räusperte sich erneut und betrachtete den geplatzten Reifen. Wie gern hätte sie gesagt, sie brauche keine Hilfe, doch sie schluckte ihren Stolz hinunter. »Ich wäre Ihnen in der Tat sehr dankbar.« Sie wollte sich gerade wieder zum Auto umdrehen, als sie aus dem Augenwinkel eine Bewegung wahrnahm.

Sie drehte den Kopf und schaute an dem Mann vorbei, der sich nicht vom Fleck gerührt hatte. Offenbar hatte sie die Aufmerksamkeit mehrerer Passanten erregt. Auf einem Schild über ihren Köpfen war *Dot's Diner* zu lesen.

Sie unterdrückte ein Stöhnen. Es war ihr unangenehm, so viel Aufsehen zu erregen. Sie bedachte die Umstehenden mit einem schwachen Lächeln. »Tut mir leid, dass ich so einen Aufruhr verursacht habe. Der freundliche Herr hier hat sich erboten, den kaputten Reifen für mich zu wechseln, und dann fahren wir auch gleich weiter.«

»Wo wollen Sie denn hin?«, fragte er mit seiner tiefen Stimme. Irgendwie vermittelte sie ihr ein Gefühl der Sicherheit.

Christopher hinter ihr antwortete: »Nirgendwohin. Wir sind da und darüber bin ich mordsfroh.«

Der Mann schaukelte leicht von den Fußballen auf die Fersen und wieder zurück. »Hier? In Tanner Hollow?« Die Überraschung in seinen leuchtend grünen Augen schien Christopher nicht zu entmutigen.

»Ja, Sir, wir ziehen gerade hierher«, sagte er.

»Und ich hab immer noch Hunger, Mama.« Beth Ann schob den Kopf hinter ihrem älteren Bruder hervor und sah den Fremden an, während sie mit ihrer Mutter sprach.

»Ich auch«, erklärte Gus.

»Wir alle«, fügte Samuel hinzu.

»Das Essen hier ist wahrscheinlich genauso lausig wie diese ganze lausige Stadt.« Harry verschränkte die Arme und schob die Unterlippe vor.

Honor seufzte aus purer Erschöpfung und Angst,

die jeden Moment drohte, sie in ein irres heulendes Etwas zu verwandeln.

»Hey, Dot!«

Honors Adrenalinspiegel schoss in ungeahnte Höhen bei dem lauten Ruf des Mannes vor ihr.

»Ja, Eli?« Eine große Frau, die aussah, als sei sie einem von Beth Anns Märchenbüchern entsprungen, trat aus der Zuschauermenge heraus. Ihr wirres graues Haar sah aus, als hätte es seit dem frühen Morgen keine Bürste mehr gesehen, aber sie hatte rosige Wangen und strahlend blaue Augen. Honor musste sofort an Frau Weihnachtsmann denken, doch auf der Schürze, die sie trug, stand gut lesbar: »Hi, ich bin Dot.«

»Du könntest doch die Kinder hier füttern, während ich für ihre Mutter den Reifen wechsle.«

»Nichts leichter als das.« Sie wandte sich an die Kinder. »Ihr habt Hunger?«

Augenblicklich war ein Chor der Zustimmung zu hören. Ohne ihrer Mutter auch nur noch einen Blick zu schenken, folgten sie Dot im Gänsemarsch. Honor stellte panisch fest, dass da gerade ihr letztes Geld verschwand. Doch was sollte sie sagen? Es würde alles klingen, als wollte sie ihren Kindern nichts zu essen geben.

Die Verzweiflung in den schönen, aber todmüden Augen der fremden Frau brachte etwas in Eli Marshalls Herz zum Klingen, das er längst verloren geglaubt hatte. Es verwirrte ihn, aber er schob die Empfindungen beiseite und konzentrierte sich lieber auf die Sorge und Unentschlossenheit, die er in ihrem Gesicht zu sehen glaubte.

»Gib ihnen das Zwei-Dollar-Menü, hörst du, Dot? Sie sehen mächtig hungrig aus«, rief er der Besitzerin des Diners hinterher, die die Kinder gerade ins Restaurant scheuchte.

Als Eli sich umdrehte, sah er gerade noch die Erleichterung auf dem Gesicht der Frau. Er hatte also recht gehabt. Sie wusste nicht, wie sie das Essen für ihre fünf Kinder hätte bezahlen sollen.

Er streckte ihr die Hand hin. »Ich bin Eli Marshall.«

Sie sah blinzelnd zu ihm auf. »Ich bin Honor McBride.«

»Kommen Sie von weit her?«

»Aus Texas. Amarillo.«

Er pfiff unwillkürlich. »Eine Mordsstrecke.«

Ganz kurz trat ein schiefes Grinsen an die Stelle ihres erschöpften Gesichtsausdrucks. »Fahren Sie die mal mit fünf Kindern.«

Er wäre beinahe zusammengezuckt. »Da verdienen Sie aber wirklich eine Medaille.«

Sie zog die schmalen Schultern hoch und ließ sie wieder fallen. »Es sind großartige Kinder, ich könnte mir keine besseren wünschen. Ich bin einfach nur müde und sie auch.«

»Das passiert den Besten.« Er drehte sich zum Auto

um. »Jetzt wollen wir erst mal den Reifen wechseln.« Doch vorher wandte er sich noch einmal an die interessierten Zuschauer und scheuchte sie mit einer Armbewegung weg. »Geht wieder rein und esst fertig, ich kriege das schon hin.«

Die Stammkunden von *Dot's Diner* verkrümelten sich wieder ins Restaurant.

Eli grinste sie an. »So viel Aufregung hatten wir hier nicht mehr, seit die Carsonbrüder dem Preisbullen vom alten Heriot ein rosa Tutu angezogen und ihn die Hauptstraße entlanggetrieben haben.«

Aus ihrer Kehle löste sich ein Blubbern, das man für ein Kichern hätte halten können, doch sie wandte sich zu rasch ab, deshalb war er sich nicht sicher.

»Wo ist Ihr Reservereifen?«, fragte er.

»Wahrscheinlich unter dem ganzen Zeug hinten begraben.« Sie öffnete die Kofferraumklappe des Kombis und fing an, Koffer und Taschen herauszuheben und auf die Straße zu stellen.

Eli fielen ihre anmutigen Bewegungen auf. Trotz ihrer fünf Kinder war sie gertenschlank – und sehr hübsch. Ungemein hübsch. Nicht, dass ihn das hätte interessieren sollen. Sie hatte fünf Kinder, was bedeutete, dass sie wahrscheinlich auch einen Ehemann hatte. Allerdings trug sie keinen Ring, was natürlich nichts heißen musste. Er schüttelte den Kopf, um sich zurechtzuweisen. Was stand er hier untätig herum, während er die arme Frau schuften ließ!

Er trat neben sie, um ihr zu helfen. Im gleichen Moment drehte sie sich um, als wollte sie etwas zu ihm sagen. Ihre Nase berührte den vierten Knopf seines rot karierten Flanellhemds, als sie zusammenstießen.

»Hoppla!«

Seine Hände umfassten automatisch ihre Oberarme, damit sie nicht nach hinten fiel. Sie wurde tiefrot, und er ließ sie los. Beim Zurücktreten hob sie eine Hand und rieb sich ihre entzückende, leicht spitze Nase.

Am liebsten hätte er gelacht, doch ihr Augenausdruck sagte ihm, dass er das womöglich nicht überleben würde. Er räusperte sich. »Entschuldigung. Ich wollte Ihnen nur helfen.«

Ihre Wangen glühten. »Schon gut, das weiß ich doch.« Sie blickte hinter sich, suchte aufmerksam die Umgebung ab und wandte sich wieder dem Kofferraum zu.

»Lassen Sie mich das machen. Ist doch alles schweres Gepäck.« Und damit übernahm er auch schon das Ausräumen des Kofferraums.

Honor stand daneben und biss sich auf die Zunge. Sie wollte protestieren, doch sie war so müde und etwas in ihr hielt sie zurück.

Als der Kofferraum leer war, hob Eli die Klappe am Kofferraumboden an und zog den Ersatzreifen heraus. Während er sich an dem Rad zu schaffen machte, war er sich die ganze Zeit ihrer Aufmerksamkeit bewusst.

Doch sie hatte nicht nur ihn im Blick, sondern einfach alles, jedes Ding, jede Person in ihrer Umgebung. Die extreme Anspannung, unter der sie stand, musste mindestens so ermüdend sein, wie die über zweitausend Kilometer mit fünf Kindern im Auto zurückzulegen.

Mehrmals ging sie zur Tür des Diners und spähte in das Lokal hinein – zweifellos wollte sie nach ihren Kindern sehen. Dann kehrte sie wieder auf ihren Beobachtungsposten neben ihm zurück.

Er fing ihren Blick auf. »Ich hab schon viele Reifen gewechselt und weiß genau, was ich tue. Sie brauchen sich nicht zu sorgen.«

Sie erstarrte, dann rieb sie sich mit der Hand über die Wange. »Entschuldigung. Ich wollte nicht unhöflich sein«, antwortete sie. »Es war ein sehr langer Tag und ich weiß Ihre Hilfe wirklich zu schätzen.«

»Ist doch nicht der Rede wert.« Er zog die letzte Schraube an, packte sämtliche Utensilien wieder in den Kofferraum und deutete auf den kaputten Reifen. »Den bringe ich zu Billy Joe hinüber. Er kann ihn bestimmt flicken. Dann brauchen Sie keinen neuen zu kaufen.« Daraufhin prüfte er sorgfältig die übrigen Reifen. »Sie sollten sich darauf einstellen, dass Sie neue Reifen brauchen. Sie sind alle ziemlich abgefahren. Das kann gefährlich werden, vor allem bei Regen.«

Sie warf ihm einen verlegenen Blick zu und biss

sich auf die Lippen. »Ich werde daran denken. Und ich bin Ihnen wirklich dankbar für Ihre Hilfe. Was … äh … was bin ich Ihnen schuldig?«

Zwei

»Ich habe es gern getan und Sie schulden mir überhaupt nichts. Das war doch selbstverständlich.« Er säuberte sich die Hände mit den Feuchttüchern, die sie ihm anbot. Ihre Kinder mussten zwar längst nicht mehr gewickelt werden, aber sie hatte die Dinger noch immer griffbereit.

Als er fertig war, warf er die Tücher in den Abfalleimer neben dem Diner. »Wo wollen Sie die Nacht verbringen?«

Sie seufzte. »Im Haus meiner Großtante. Sie hat es mir hinterlassen. Wir ziehen direkt ein. Eigentlich wollten wir schon früher am Nachmittag da sein.« Zum Glück hatte der Anwalt ihr den Schlüssel geschickt. Und da das Haus schuldenfrei war, war auch das Finanzielle geklärt. Sie schaute zum Himmel hinauf, dann sah sie ihn an. »Jetzt ist es eben nicht mehr Nachmittag, sondern Abend geworden.«

Er runzelte die Stirn. »Wer ist Ihre Großtante?«

»Wilma Estes.«

Entsetzt sah er sie an. »Sie wollen in das Haus von

Wilma Estes einziehen? Heute Abend? Ist das Ihr Ernst?«

»Ja, natürlich. Warum?«

»Es steht schon seit ihrem Tod leer. Sie wissen ja gar nicht, was Sie dort erwartet.«

»Es wird schon gehen.« Dennoch konnte sie die leichte Besorgnis, die in ihr aufstieg, nicht ganz unterdrücken. Ärgerlich über diese Schwäche stemmte sie die Hände in die Hüften. »Ich habe vor drei Tagen angerufen und Wasser, Strom und das Telefon anstellen lassen. Wir kommen schon zurecht. Noch einmal ganz vielen Dank. Jetzt muss ich meine Kinder holen, einen Lebensmittelladen finden und zu unserem Haus fahren.«

»Sie sollten sich vielleicht besser vergewissern, dass alles funktioniert, bevor Sie einen Laden suchen.«

Honor versteifte sich. Dann zwang sie sich zu einem Lächeln. »Wie gesagt, ich weiß Ihre Hilfe wirklich zu schätzen, aber von jetzt an komme ich schon zurecht.«

Eli gab nach. »Soll ich vielleicht vorausfahren zum Haus? Ich wohne ganz in der Nähe, es wäre also kein Umweg für mich.«

Honor trat etwas unbehaglich von einem Fuß auf den anderen. Wollte sie die Hilfe dieses Mannes wirklich noch länger in Anspruch nehmen? Seine grünen Augen übten eine Anziehungskraft auf sie aus, die sie seit Jahren nicht mehr erlebt hatte – oder vielleicht sogar noch nie. Dieses Gefühl, das vom ersten Moment an so stark gewesen war, machte ihr Angst, doch niemals so stark wie die Tatsache, dass sie von jemandem verfolgt wurde, der nicht zögern würde, sie umzubringen. Der Gedanke, sich nicht noch ein paar Mal zu verfahren, war verlockend. »Wie weit ist es denn?«

»Es ist ganz in der Nähe, in einer Nebenstraße der Hauptstraße hier. Ein guter Kilometer.«

Sie nickte. »Ich würde es wahrscheinlich finden, aber wenn es Ihnen keine Umstände macht, nehme ich Ihr Angebot gerne an.«

In seiner rechten Wange erschien ein Grübchen. »Nein, es macht absolut keine Umstände.«

»Mama! Wir haben Apfelkuchen und Ei*f* gege*f*en!«

Honor zuckte beim Anblick des verschmierten Gesichtchens ihrer Tochter zusammen. Sie packte Beth Anns Hand und lief mit ihr ins Restaurant, wo ihre anderen Kinder noch damit beschäftigt waren, das Dessert zu verschlingen. »Was? Ich dachte, ihr esst nur rasch was zu Abend!«

»Haben wir ja, und jetzt gibt's noch Apfelkuchen. Er schmeckt soooo gut!«, schwärmte Samuel.

Sie krümmte sich bei dem Gedanken daran, wie schnell ihr winziger Geldvorrat zusammenschmolz, rang sich aber dennoch ein Lächeln ab. Sie hoffte, dass es überzeugender wirkte, als sie sich fühlte. »Meine Süßen, ich habe nichts von Apfelkuchen gesagt. Ihr wolltet das Zwei-Dollar-Menü essen.«

»Schon gut, Ma'am.« Das war Dot. Sie stand hinter der Theke. »Ich habe gehört, dass Sie hierherziehen wollen. Alle, die in diese Stadt kommen, bekommen hier bei mir ihre erste Mahlzeit kostenlos.« Sie zwinkerte ihr zu. »Auf diese Weise sorge ich dafür, dass sie wiederkommen.« Sie nahm eine vollgepackte Plastiktüte von der Theke und reichte sie Honor. »Hier sind noch ein paar Dinge. Damit kommen Sie hin, bis Sie einkaufen gehen können.«

Honor wusste nicht, was sie sagen sollte, deshalb nahm sie eine Serviette von dem nächststehenden Tisch, tauchte sie in Harrys Wasserglas und wischte ihrer Tochter das Gesicht ab. Als sie fertig war, drehte sie sich zu Dot um. Diese drückte Honor etwas in eine Serviette Eingeschlagenes in die Hand. »Das ist ein Schinkenbrötchen. Ich kann mir vorstellen, dass Sie auch ganz schön hungrig sind.«

»Ja. Danke. Wie ...«

»Das geht aufs Haus. Kommen Sie einfach bald mal wieder vorbei, okay?«

»Gut, in Ordnung, das machen wir.« Sie hatte es fest vor – sobald sie Arbeit gefunden hatte.

Die Kinder brachen angesichts ihres Versprechens in Jubel aus. Erleichtert, dass ihre Kinder satt und zufrieden waren, bedankte sich Honor noch einmal bei Dot, dann wandte sie sich den fünf blauen Augenpaaren zu, die sie aufmerksam beobachteten. »Jetzt kommt, ihr Lieben, wir müssen gehen.«

Keiner protestierte. Alle waren müde und wollten nur noch, dass ihre Reise ein Ende hatte. Nichtsdestotrotz warf ihre Mutter jedem von ihnen einen strengen Blick zu, der besagte, dass sie sich ja anständig aufführen sollten.

Eins nach dem anderen wandten die Kinder der freundlichen Frau, die ihre Bäuche so wunderbar gefüllt hatte, ein engelsgleiches Gesicht zu und ließen ein aus tiefstem Herzen kommendes »Dankeschön« vernehmen.

Beth Ann lief zu ihr hin und schlang ihre Arme um die füllige Taille der Frau. »Ganz, ganz vielen Dank! Du bi*ſ*t eine *ſ*ehr gute Köchin!«

Dot war kurz überrascht, dann lachte sie und umarmte das Kind. »Meine Güte, ihr seid aber wirklich ein paar ganz Süße!«

»Nicht immer«, antwortete Beth Ann. »Manchmal *ſ*ind wir auch einfach ungehor*ſ*am.«

Honor musste unweigerlich schmunzeln und scheuchte ihre kleine Schar aus dem Restaurant hinaus, zurück zu ihrem Kombi, wo Eli schon in seinem Truck auf sie wartete.

Okay. Sie würden jetzt zum Haus fahren, es kurz besichtigen und dann noch einmal in die Stadt fahren und einkaufen. Honor versuchte, sich zusammenzureißen. Mit *müde* ließ sich die Erschöpfung, die sie allmählich verspürte, nicht einmal annähernd beschreiben.

Als alle verstaut waren, folgte sie ihrem freundlichen Helfer den kurzen Weg die Main Street entlang. An der Kreuzung Hawthorne Street bog er links in eine Seitenstraße ab, die zum Stadtrand führte.

Keine Minute später bogen sie noch einmal ab, dieses Mal auf einen unbefestigten Weg, der sich gleich darauf als Auffahrt zu ihrem Haus herausstellte. Neben dem Weg verlief ein Zaun und hinter dem Grundstück begann der Wald. Dann fiel ihr Blick auf das Haus.

Der Anblick, der sich ihr bot, ließ sie erstarren. Sie trat fest auf die Bremse. Die empörten Proteste ihrer Kinder nahm sie gar nicht wahr.

»Hier wohnen wir?« Christopher stieg als Erster aus, seine Augen nahmen jede Einzelheit auf.

Die Verzweiflung packte sie mit voller Wucht. Zum ersten Mal seit dem Begräbnis ihres Mannes dachte sie ernsthaft daran zu beten.

Mit gezwungener Fröhlichkeit sagte sie: »Jawoll. Es scheint ein bisschen Arbeit auf uns zu warten, aber das schaffen wir lässig.«

Sie beschloss, den Einkauf noch aufzuschieben – was sie gegenüber dem Mann, der jetzt neben ihr parkte, niemals zugegeben hätte –, verdrängte ihre Niedergeschlagenheit, holte tief Luft ... und stellte sich der Herausforderung. Mit zittrigen Fingern kramte sie den Schlüssel aus ihrer Handtasche und marschierte zur Haustür.

»Äh …« Beim Klang von Elis Stimme drehte sie sich um. Er stand neben seinem Truck, eine Hand in die Hüfte gestemmt, und kratzte sich mit der anderen am Kopf. »Die Veranda sieht nicht besonders stabil aus.«

Sein zweifelnder Gesichtsausdruck verstärkte nur ihre Entschlossenheit. Sie musste lernen, allein mit den Dingen fertigzuwerden. Es würde sich nicht immer, wenn es ein Problem gab, jemand finden, der ihr beistand. Wieder zwang sie sich zu einem Lächeln. »Ich schaffe das schon, vielen Dank.«

Er kam mit ausgestreckten Händen auf sie zu. »Lassen Sie mich mal vorgehen.«

»Ich sagte, ich schaffe das schon!«

Der scharfe Unterton in ihrer Stimme ließ ihn abrupt stehen bleiben. Er klopfte sich mit den flachen Händen an die Hüfte und schüttelte betreten den Kopf. »Ist schon okay.«

Plötzlich hatte sie einen Kloß im Hals, ein Gefühl, das sie erneut überraschte. Sie war keine Heulsuse, aber in letzter Zeit hätte sie am liebsten nur noch geweint. »Tut mir leid, ich habe es nicht so gemeint. Es war einfach ein sehr langer Tag. Die Veranda ist doch ganz in Ordnung, oder nicht?«

Die hölzernen Treppenstufen schienen unter ihrem Gewicht nachzugeben. Vorsichtig betrat sie die Veranda. Da sie nicht durch den Boden brach, griff sie als Nächstes beherzt nach der Fliegengittertür. Ein sanftes Ziehen – und die leichte Tür fiel ihr entgegen.

Beth Ann schrie erschrocken auf. Honor unterdrückte ihren eigenen Drang zu schreien. Als sie sich umdrehte, sah sie, dass ihre Tochter Elis Bein umklammert hielt. Sie atmete tief durch und vorsichtig steckte sie den Schlüssel ins Schlüsselloch der Haustür. Er ließ sich widerstandslos umdrehen. Sie atmete erleichtert auf. Die Tür schwang nach innen auf und blieb dabei wunderbarerweise in den Angeln.

Die Kinder standen dicht zusammengedrängt vor der untersten Verandastufe, begierig, ihr neues Zuhause in Augenschein zu nehmen.

»Bleibt, wo ihr seid«, rief sie. »Verstanden?«

Sie nickten. Honor blickte an ihnen vorbei, doch sie konnte Eli nirgends mehr entdecken. War er gegangen? Sein Truck stand noch an Ort und Stelle. Vorsichtig trat sie ins Haus. Beim Anblick des Wohnbereichs musste sie ein Aufstöhnen unterdrücken. Totes Ungeziefer und der Gestank nach verrottetem Müll empfingen sie. Fast hätte sie vor Ekel gewürgt, doch im letzten Moment konnte sie sich beherrschen.

»Dürfen wir reinkommen?«, fragte Samuel.

Sie drehte sich um und sah die Kinder in der offenen Tür stehen. »Ich hatte doch gesagt, ihr sollt da unten stehen bleiben!«

»Wir hatten Angſt«, sagte Beth Ann. »Eli hat geſagt, er iſt gleich wieder da, aber er kam nicht mehr.«

Ein Blick nach rechts zeigte ihr eine offene Küche, die schon bessere Tage gesehen hatte.

Oben knarrte eine Treppenstufe. Sie erstarrte. »Hallo? Ist da jemand?«

Keine Antwort, doch ein scharrendes Geräusch ließ ihren Adrenalinspiegel sprunghaft in die Höhe schnellen. Sie ging etwas tiefer ins Zimmer hinein. Es könnte ein Nagetier sein. Ein großes.

»Mama?«

»Bleib hier, Christopher. Ich glaube, da oben ist jemand.«

»Dann komm mit raus, Mama!«

»Es könnte ein Tier sein.«

»Ich hole Mr Eli«, sagte Samuel.

»Nein, Samuel ...«

Doch er war schon fort.

Honor ergriff den eisernen Schürhaken, der neben dem Kamin lag, und ging quer über den Dielenboden zur Treppe. Oben stand eine Gestalt. Dunkle Augen starrten auf sie herunter.

Christoper keuchte auf. »Mama ...«

Honor unterdrückte erneut einen Schrei. »Hallo?«, krächzte sie.

Der Mann sprintete los, die Treppe hinunter. Sie konnte gerade noch rechtzeitig beiseitespringen, um nicht umgerannt zu werden. Er lief durch die Hintertür in der Küche hinaus.

Honor holte ächzend Luft und hustete. Staub und ein schaler Körpergeruch breiteten sich aus.

»Honor? Ist alles in Ordnung?«

Sie drehte sich um und blinzelte, als sie Eli in der offenen Haustür stehen sah. »Oh – ich dachte schon, Sie seien gegangen«, sagte sie. Wieder stieg Erleichterung in ihr auf. Sie musste zugeben, dass sie sehr froh über seine Anwesenheit war.

»Ich habe nur die Umgebung des Hauses geprüft.«

»Hier war ein Mann. Ein – ein älterer Mann. Dunkle Augen, ein wirrer Bart. Er roch, als hätte er ein Bad in einer Klärgrube genommen.«

Eli stöhnte auf. »Das klingt nach Zeb Young.«

»Wer ist das?«

»Einer von unseren Obdachlosen. Ich habe ihn schon länger nicht gesehen. Jetzt weiß ich auch, warum.«

»Eſ gibt Obdachloſe in Tanner Hollow?«, fragte Beth Ann. »Wir müſen ſie finden. Fie können bei unſ wohnen.«

»Nein, Liebling. Wir könnten keinen Obdachlosen aufnehmen.«

»Warum nicht?« Unschuldige blaue Augen sahen sie an.

»Weil ...«

»Weil er uns wahrscheinlich im Schlaf abmurksen würde«, grummelte Harry.

Beth Ann schnappte nach Luft. »Abmurkſen? Er würde unſ töten?«

Harry verdrehte die Augen. »Das bedeutet das Wort, ja.«

Honor holte scharf Luft. »Niemand bringt uns um«, sagte sie. Jedenfalls kein Obdachloser. »Harry, du sollst nicht so reden. Wir haben ihn wahrscheinlich genauso erschreckt wie er uns. Jetzt müssen wir erst einmal sicherstellen, dass nicht noch mehr heimliche Bewohner hier sind. Dann überlegen wir, was wir als Nächstes machen. Und wie lange es dauern wird, hier sauber zu machen.«

Das wurde mit einem gemeinschaftlichen Stöhnen quittiert. Sie betrachtete die müden jungen Gesichter, seufzte und sah Eli an. Sie musste ihre Niederlage eingestehen. »Sie hatten recht. Ich hätte dafür sorgen müssen, dass wir woanders unterkommen und erst einmal herausfinden, was uns erwartet.«

»Ein Stückchen die Straße hinauf gibt's ein nettes Hotel ...« Als sie den Kopf schüttelte, verstummte er.

»Nein, das geht im Moment nicht. Ich musste unterwegs die Bremsen neu machen lassen und eine Übernachtung in einem Hotel bezahlen und ...« Ihre Stimme verklang, sie zuckte die Achseln. »Nein, wir haben keine andere Wahl. Wir müssen es uns hier schön machen.« Es wurde immer dunkler. Sie brauchten Licht, um sauber zu machen. Sie tippte auf den Lichtschalter.

Nichts.

Okay, *schön* war vielleicht übertrieben.

Drei

Eli blieb unentschlossen in der Tür stehen. Der muffige Geruch, der im ganzen Haus herrschte, drang ihm in die Nase. Er bemühte sich, möglichst flach zu atmen, während er eine kurze Bestandsaufnahme des neuen Heims der McBrides vornahm. Was er sah, machte ihm Sorgen.

Okay, Gott, du hast mir – uns allen hier – diese Familie vor die Füße gelegt. Was erwartest du von uns?, betete er innerlich.

»Hilfft du mir, mein Zimmer zu finden?«

Eli sah nach unten. Die winzige Beth Ann hatte den Raum durchquert und sah mit treuherzigem Blick zu ihm auf. Sie war wirklich ein entzückendes kleines Ding. Wenn er nicht aufpasste, würde er sie richtig ins Herz schließen.

Er ging neben ihr in die Hocke. »Ich glaube, das macht deine Mama.«

»Ich möchte aber, daf du mir hilfft.« Sie kam näher und lehnte ihr blondes Köpfchen an sein Bein. Der Panzer um sein Herz bekam einen Sprung.

Gus trat vor. »Lass ihn in Ruhe, Beth Ann.«

Harry grunzte. »Was für ein lausiges Haus. Das Ganze hier ist ein echter Müllplatz.«

Ein Licht flammte auf. Da sie keinen Strom hatten, war Honor beim Schein ihres Handylichts durch das Haus gegangen. Auch Eli hatte sein Handy eingeschaltet. Sie stand am Fuß der Treppe, in der linken Hand hielt sie ein paar Kerzen.

»Okay, Leute«, sagte sie, »so viel ich gesehen habe, ist es hier unten wesentlich schlimmer als oben. Es gibt vier Schlafzimmer und drei Bäder. Die Matratzen und Möbel sind durch Plastikfolien geschützt, wir brauchen also keine Angst vor Ungeziefer in den Betten zu haben.« Bis auf die Matratze, die sich Zeb Young einverleibt hatte, schien alles ganz in Ordnung zu sein.

»Ungeziefer?« Beth Ann sah sie mit aufgerissenen Augen an.

»Genau. Es gibt keines, verstanden?«

»Ja, Mama.«

»Die Treppenstufen sind stabil. Es ist noch nicht mal achtzehn Uhr. Wenn wir uns beeilen, haben wir hier in null Komma nichts sauber gemacht. Wir stellen die Kerzen auf, damit wir Licht zum Arbeiten haben.«

Wieder wurden ihre Worte mit einem allgemeinen Stöhnen aufgenommen. Eli wartete. Er wollte eigentlich widersprechen, biss sich jedoch auf die Zunge. Es war schließlich nicht sein Haus.

Sie schaute ihre Kinder an und wartete, bis das Murren aufhörte, dann sagte sie sanft: »Kommt schon, ihr Lieben. Ich bin auch müde. Wir tun, was wir können, okay? Wir sind doch ein Team, oder?«

»Mama hat recht«, sagte Christopher. »Wir müssen zusammenhalten. Also los, Leute.«

Sie gingen zusammen in die Küche. Honor kramte unter der Spüle, fand ein paar Putzutensilien und sogar ein paar nigelnagelneue, eingeschweißte Schwämme und Putzlappen. »Christopher, du hast ein eigenes Zimmer. Harry, Gus und Samuel bekommen das Zimmer daneben. Es hat ein Doppelbett und zwei einzelne Betten. Harry du kannst im Doppelbett schlafen. Beth Ann, du bekommst auch ein Zimmer für dich. Ich komme gleich hoch und helfe euch, aber ihr tut schon mal euer Bestes, ja?«

Beth Ann nickte ernst. »Ich kann da*f* allein. Ich brauche keine Hilfe.«

Honor verteilte das Putzzeug und schickte sie los.

»Und ich?«, fragte Eli.

»Sie?«

»Ich bin ziemlich gut im Saubermachen und Reparieren.« Er lächelte.

»Oh – äh – gut ...«

Ein Klopfen an der Tür unterbrach sie. »Huhu! Ist jemand da?«

Honor sah ihn erschrocken an. »Wer ist das?«

»Das klingt nach Mrs Styles. Edna Styles war die beste Freundin Ihrer Großtante.«

»Aber wie ...«

Er lächelte über ihre Verwirrung. »Sie sind in einer Kleinstadt, Honor McBride.«

Sie gingen zur Tür. Da stand Mrs Styles und sah sich entsetzt um. »Du meine Güte, das sieht ja furchtbar aus! Ich wusste nicht, dass es so heruntergekommen ist.«

Honor räusperte sich. »Ja, Ma'am, aber wir kümmern uns darum.«

»Schon, aber das reicht nicht. Überhaupt nicht.« Sie betätigte den Lichtschalter, mit demselben Ergebnis wie Honor kurz zuvor.

»Und kein Strom?« Edna presste erschrocken eine Hand auf ihre Brust.

Beth Ann kam zu ihnen. »Hi.«

Mrs Styles' viele Falten vertieften sich, als sie das Kind sah. »Du meine Güte, du bist ja wohl das Niedlichste, was ich je gesehen habe!«

»Ja, Ma'am«, sagte Beth Ann mit einem festen Nicken.

Eli unterdrückte ein Lachen, Honor strich ihrer Tochter über den Kopf. »›Danke‹, wolltest du wohl sagen.«

»Danke, Ma'am«, sagte Beth Ann pflichtschuldig.

Mrs Styles drückte erneut den Lichtschalter, als könnte sie diesmal Erfolg haben. Doch dem war leider nicht so. »Kein Strom. Unfassbar. Und Sie ganz allein mit den Kleinen hier? Nun, wir werden uns darum kümmern. Ich bin Edna Styles und ich freue mich, Sie kennenzulernen. Aber jetzt muss ich mich sputen. Ich komme morgen zurück und stelle mich Ihnen vor, wie sich das gehört, aber erst einmal muss ich etwas in die Wege leiten.«

Sie wirbelte herum und war fort, bevor Honor auch nur blinzeln konnte. Eli quittierte ihren fragenden Blick mit einem Schulterzucken.

Honor schüttelte den Kopf und ging zurück in die Küche, tauchte jedoch gleich wieder auf, einen Besen in der Hand.

Er nahm ihn ihr trotz ihres Protestes ab. »Bitte, lassen Sie mich helfen«, beharrte er. »Zu Hause wartet keiner auf mich, nur mein Hund Lady.«

»Sind Sie nicht verheiratet?«

»Nein.« Er beließ es dabei und sah, dass sie sich weitere Fragen verbiss. »Und Sie?«, fragte er.

»Was ist mit mir?«

»Sie haben fünf Kinder, aber Sie tragen keinen Ring. Wo ist der Vater der Kinder?«

»Er ist vor fünf Monaten gestorben.«

Eli zuckte zusammen. »Das tut mir leid. Was ist passiert?«

»Ein Autounfall. Vielleicht.«

»Es tut mir wirklich sehr leid.« *Vielleicht?*

Sie nickte. »Mir auch. Vieles.«

Die nächste Stunde arbeiteten sie in unterschiedlichen Räumen. Honor lief immer wieder nach oben, sah nach ihren Kindern und lobte sie für ihre Arbeit. Eli war überrascht, wie schnell das Haus vor Sauberkeit förmlich strahlte, wenn alle mit anpackten. Die Kinder wuselten herum, fleißig wie kleine Bienen. Der Duft von Zitronenreiniger hatte den unangenehmen Geruch vertrieben. Eli konnte förmlich sehen, wie Honor neue Hoffnung schöpfte.

»Was wollen Sie ohne Strom machen?«, fragte er.

Sie seufzte, hörte auf, den Herd zu scheuern und sah ihn durch eine Haarsträhne, die ihr vor das Gesicht gefallen war, hindurch an. »Wir halten schon durch bis morgen früh.«

»Aber ...«

»Im Ernst, das geht schon.«

»Aber es wird kalt werden heute Nacht.«

Sie richtete sich auf und sah sich um. »Im Schrank sind Decken, in Plastiksäcke verpackt. Die nehmen wir. Außerdem kann ich ein Feuer im Kamin machen.«

Eli starrte sie an und überlegte, ob er schon jemals einen so eigensinnigen Menschen gekannt hatte. »Ich werde Feuer machen«, sagte er schließlich.

»Nein. Das mache ich, gleich. Bitte – Sie haben schon genug getan.«

»Aber ...« In dem flackernden Kerzenlicht sah er ihre zusammengekniffenen Augen und verstummte. »Na gut. Offenbar glauben Sie, irgendwem etwas beweisen zu müssen. Dann – äh – dann gehe ich wohl besser mal nach Hause.«

Sie errötete unter seinem Blick und sagte leise: »Ich denke nicht, etwas beweisen zu müssen. Es ist nur ...« Sie schüttelte den Kopf. »Ich muss nach den Kindern sehen.« Sie ging zur Treppe, doch dann drehte sie sich noch einmal zu ihm um. »Danke, Eli. Es tut mir leid, wenn ich Sie gekränkt habe. Ich brauche nur ein paar Stunden Schlaf, dann bin ich bestimmt nicht mehr so unhöflich.«

Er nickte und schluckte. Sie sah so schön aus, wenn die Schatten auf ihrem Gesicht tanzten. Erschöpft, ja, aber wunderschön. Er wollte ihr so gern helfen. »Sehen wir uns morgen?«

»Ja, wahrscheinlich – so klein, wie die Stadt offenbar ist. Ich nehme an, man sieht die meisten Leute fast jeden Tag?«

Er lachte. »Ja, wenn man rausgeht, schon.«

Sie fuhr sich mit der Hand über ihren zerzausten Pferdeschwanz. »Wir haben Wasser, wir haben Feuerholz und wir haben dank Dot auch Essen. Ich selbst bin praktisch in einem Wohnwagen aufgewachsen. Morgen wird alles ganz anders aussehen – und hoffentlich haben wir dann auch Strom.«

»Na gut. Melden Sie sich, wenn Sie irgendwas brauchen.« Er ging zur Tür und griff nach der Klinke, drehte sich aber noch einmal um. »Sie können auch mit zu mir kommen. Mein Haus ist klein, aber es ist warm. Ich habe ein Gästehaus unten am Hügel, das leer steht, da kann ich mich einquartieren.«

Sie sah ihn etwas entgeistert an. »Sie aus Ihrem Haus vertreiben? Niemals. Aber vielen Dank für das freundliche Angebot.«

»Nicht einmal den Kindern zuliebe?«

Sie presste die Lippen zu einem dünnen Strich zusammen. »Den Kindern geht es gut. Wie ich schon sagte, wir haben alles, was wir brauchen.«

Er nickte abermals und beschloss aufzugeben. »Ich schaue dann morgen wieder rein.«

»Das ist wirklich nicht nötig.«

Er legte den Kopf schräg, dann schüttelte er ihn nachsichtig. »In Ordnung. Gute Nacht.«

»Gute Nacht. Und vielen Dank noch mal.«

»Gern geschehen.« Er zog die Tür hinter sich zu und hörte ein lautes Klacken.

Als er sich umdrehte, sah er den Türknauf auf der wackeligen Veranda liegen. Er verdrehte die Augen.

Was für eine eigensinnige Frau!

Was für eine interessante Frau!

Eine interessante Frau mit fünf Kindern.

Damit war sie von vornherein tabu.

Er tastete sich vorsichtig die brüchigen Stufen hinunter. Die letzte Stufe gab nach und er wäre beinahe gestürzt, konnte sich aber wieder fangen. Leise über den weiblichen Eigensinn fluchend, holte er seinen Werkzeugkasten aus dem Truck.

Kalter Wind blies ihm ins Genick und eine unheimliche Stille umgab ihn. Wo waren die Geräusche der Nacht? So still war es nur, wenn etwas nicht stimmte. Oder jemand Ungebetenes herumlungerte. Beobachtete Zeb ihn vielleicht aus der Dunkelheit? War er verzweifelt, weil er keine Zuflucht mehr vor der Kälte hatte?

Vielleicht. Oder war es etwas anderes? Etwas, das mit der hübschen Frau und ihren fünf Kindern zu tun hatte?

Er schüttelte den Kopf. Er würde diesen Türknauf reparieren, ob es ihr gefiel oder nicht, und dann nach Hause gehen und sich schlafen legen – und dieses Gefühl, dass eine Gefahr in Tanner Hollow Einzug gehalten hatte, ignorieren.

Die Frage war, was für eine Gefahr. Eine Gefahr für sein Herz? Zweifellos. Aber da war noch mehr. Er ahnte, dass Honor McBride viele Schichten hatte. Wahrscheinlich könnte er sein ganzes Leben lang damit beschäftigt sein, eine nach der anderen aufzudecken, und jeden Tag würde etwas Neues zum Vorschein kommen.

Sein Handy klingelte.

»Hallo?«, meldete er sich.

»Hey, ich bin's, Billy Joe.«

»Was gibt's denn noch so spät?«

»Ich konnte nicht schlafen, deshalb bin ich in meine Garage gegangen und dachte, ich arbeite noch ein bisschen. Dabei habe ich was Interessantes entdeckt.«

»Was denn?«

»Kannst du ein Geheimnis für dich behalten?«

»Natürlich? Was für ein Geheimnis?«

»Ich habe Nolan angerufen, aber er hat gesagt, ich soll dir auch Bescheid sagen.«

»Komm schon, Billy Joe, was ist los?«

»Du hast doch den Reifen am Wagen dieser Frau gewechselt?«

»Ja.«

»Sie ist nicht über einen Nagel gefahren.«

Eli runzelte die Stirn und kämpfte gegen seine Ungeduld an, weil er Billy Joe jede Information einzeln aus der Nase ziehen musste. »Okay. Worüber ist sie dann gefahren?«

»Das war eine Kugel.«

Eli schwieg einen Moment. Diese Information musste er erst einmal verdauen. »Willst du mir das genauer erklären?«

»Irgendjemand hat auf ihren Reifen geschossen. Hab die Kugel gerade vor ein paar Minuten rausgezogen.«

* * *

Honor sah Eli weggehen, nachdem er den Türknauf repariert hatte. Sie hätte ihn gern zurückgerufen, doch er hatte die ganze Zeit ein ernstes Gesicht gemacht und sie wusste nicht, warum. Drei Mal hatte er etwas sagen wollen, doch dann hatte er die Lippen wieder zusammengepresst, als fiele es ihm schwer zu schweigen. Also hatte sie ihn seine Arbeit beenden lassen und sich die Frage, ob er nicht doch lieber bleiben wollte, verkniffen.

Wenn sie ehrlich war, musste sie zugegeben, dass sie ihr Unabhängigkeitsgetue selbst ziemlich ermüdend fand. Doch andererseits musste sie sich daran gewöhnen, ob sie wollte oder nicht. Man sollte doch annehmen, dass fünf Monate als Witwe ausreichten, sich darauf einzustellen, aber sie wusste nicht, ob ihr das jemals wirklich gelingen würde. Die Zeit würde es zeigen.

Honor ging in das einigermaßen frisch geputzte große Badezimmer neben ihrem Schlafzimmer und atmete tief ein und aus. Der Duft nach Zitrone hing noch in der Luft. Im Licht der Kerze und dem Licht des Mondes, der durch die Fenster schien, putzte sie sich die Zähne. Dabei starrte sie sich im Spiegel an. Ihr blondes Haar hing schlaff herunter, die dunklen Schatten unter ihren Augen verrieten ihre Erschöpfung. Kein Wunder, dass Eli nicht hatte gehen wollen. Sie sah aus, als würde sie jeden Moment zusammenklappen.

Ihr Bett rief, doch so konnte sie nicht schlafen gehen. Ganz unten in ihrem Kulturbeutel fand sie Shampoo und eine Haarkur. Sie drehte den Wasserhahn am Waschbecken auf, beugte sich darüber und wusch ihr Haar, bis sie die letzte Spinnwebe und jeden undefinierbaren Dreck entfernt hatte. Dann wickelte sie ihr kaltes, nasses Haar in ein Handtuch – und bemerkte, wie sehr sie fror.

Zitternd nahm sie die Kerzen und ging nach unten zum Kamin. Sie hatte Eli zwar verboten, Feuer zu machen, doch jetzt sah sie, dass er Holz und alte Zeitungen aufgeschichtet hatte. Sie musste nur noch die Flamme ans Papier halten.

Die Dankbarkeit ließ sie tief seufzen. Warum hatte sie nur so stur darauf beharrt, keine Hilfe von ihm anzunehmen? Das war dumm von ihr gewesen. Wenn er noch einmal anbot, etwas für sie zu tun, würde sie es annehmen. Vielleicht. Je nachdem, was es war.

Sie brachte das Feuer in Gang, dann ging sie nach oben, um nach den Kindern zu sehen. Alle fünf schliefen tief und fest, eingekuschelt in ihre Decken. Ihre geliebten, unschuldigen Gesichter erinnerten sie daran, warum sie fortgelaufen war. Entschlossen richtete sie sich wieder auf. Sie musste stark sein für ihre Kinder. Die Alternative war zu furchtbar, um auch nur daran zu denken.

Honor ging zurück in ihr Schlafzimmer und kroch ins Bett. Die Laken mussten eigentlich in die Waschmaschine, doch heute Nacht war ihr das egal. Nach der langen Fahrt und der Putzaktion fühlte es sich einfach nur gut an, im Bett zu liegen.

Während sie dalag, stieg ein klein wenig Stolz in ihr auf und ihre Lippen kräuselten sich zu einem winzigen Lächeln. Sie hatte es geschafft! Sie hatte es tatsächlich bis nach Tanner Hollow geschafft.

Ihr kleiner Triumph hielt nicht lange an. Wie jeden Abend kehrte die Erinnerung an den Grund ihrer Flucht zurück und ihr Lächeln erstarrte. Sie war eine gute Mutter, meistens jedenfalls. Und sie hatte sich trotz allem wacker geschlagen. Nicht, dass Lorenzo es bemerkt oder sich darum geschert hätte. Er war immer nur dann nett zu ihr gewesen, wenn sie ihm gesagt hatte, dass sie schwanger war. Während der neun Monate der Schwangerschaft hatte er nicht ein einziges Mal die Hand gegen sie erhoben. Als er starb, hatte sie geglaubt, endlich frei zu sein. Doch seit seinem Tod war sie in einer viel größeren Gefahr gefangen, die sie alle töten konnte.

Die Augen fielen ihr zu. Keiner würde ihren Kindern etwas tun. Keiner. Nicht, solange sie lebte.

Vier

Eli schlug seine Bettdecke zurück und ging barfuß zum Fenster. Der Dielenboden war kalt, doch er merkte es kaum. Lady, seine Golden-Retriever-Hündin, hob den Kopf von ihrem Lager auf dem Fußboden. Ihre Augen folgten ihm, während sie nach einer bequemeren Lage suchte. »Tut mir leid, mein Mädchen, ich kann nicht schlafen, und das heißt leider, dass du auch keinen Schlaf bekommst.«

Seine Predigtnotizen lagen über den kleinen Schreibtisch verstreut. Wieder empfand er einen kleinen Stich der Schuld. Er war kein Prediger, aber er hatte seinem Bruder Hudson versprochen, die Aufgabe für die nächsten beiden Monate zu übernehmen, während dieser versuchte, seine Ehe zu kitten. Dass Eli früher einmal auf dem Predigerseminar gewesen war, bedeutete nicht, dass er predigen konnte. So wenig wie die Tatsache, dass Hudson Prediger war, bedeutete, dass er eine perfekte Ehe führte.

Für ihn war das Seminar der vollkommene Gegensatz zu dem Umfeld gewesen, in dem er aufgewachsen war. Doch so sehr er die Zeit dort genossen hatte,

hatte es ihn doch zu der Bank zurückgezogen, in der er bereits während seiner Highschoolzeit gejobbt hatte. Nachdem er sich gegen den Predigerberuf entschieden hatte, kam ihm die Idee, ein Masterstudium in Finanzwesen zu absolvieren. Der Wunsch, anderen nützlich zu sein, war nach wie vor ein Hauptmotiv in seinem Leben. Als Besitzer der einzigen Bank in der Stadt konnte er sich ganz persönlich um jeden einzelnen seiner Kunden kümmern und tätig werden, wenn er den Eindruck hatte, dass der Betreffende eine Chance verdiente.

Womit er wieder bei seinem Bruder war. Er hatte einfach nicht Nein sagen können. Nicht zu Hudson. Ihre Kindheit war nicht leicht gewesen. Möglicherweise hatten sie nur überlebt, weil sie einander gehabt hatten. Mit einer Mutter wie Honor hätte damals bestimmt alles ganz anders ausgesehen.

Honor. Sie ging ihm einfach nicht mehr aus dem Kopf. Sie faszinierte ihn. Und er machte sich Sorgen um sie. Es war offensichtlich, dass sie vor etwas davonlief. Oder vor jemandem. Dafür sprach jedenfalls auch die Kugel in dem Reifen ihres Autos. Oder hatte einfach nur ein junger Kerl mit dem Gewehr seines Vaters herumgespielt und es für cool gehalten, einem vorbeifahrenden Auto in den Reifen zu schießen?

Nolan, Elis Cousin, der Sheriff von Tanner Hollow, untersuchte die Angelegenheit bereits. Er hatte Eli gebeten, vorerst Stillschweigen über die Sache zu bewahren. Es war nicht nötig, Honor einen Schrecken einzujagen, wenn sich hinterher herausstellte, dass das Ganze nur ein Unfall gewesen war.

Eli ging zum Fenster. Von einer ganz bestimmten Position aus konnte er zu dieser Jahreszeit das Dach ihres Hauses sehen, jedenfalls tagsüber. Jetzt sah er nur einen schwachen Schein, der wahrscheinlich vom Licht auf ihrer Veranda herrührte.

Plötzlich erstarrte er. Nein, das konnte nicht sein. Sie hatte doch gar keinen Strom. Woher kam dieses Licht? Und warum flackerte es so?

Feuer.

Er griff nach seinem Handy und wählte den Notruf, während er gleichzeitig seine Stiefel anzog und seine Jacke und die Autoschlüssel schnappte. Draußen überzeugte er sich noch kurz, dass Lady ihm nicht durch die Hundeklappe folgen konnte, dann sprang er in seinen Truck.

Die Fahrt zu ihrem Haus dauerte keine halbe Minute. Vor ihrer Veranda hielt er an. Als er nach dem Feuerlöscher griff, der hinten in seinem Truck lag, kam auch schon das erste Feuerwehrauto mit quietschenden Bremsen vor Honors Haus zum Stehen.

Vier Feuerwehrleute sprangen heraus. Im selben Moment flog die Verandatür auf und Christopher tauchte mit Beth Ann auf dem Arm auf.

»Geh hinten herum, durch die Küche«, schrie Eli.

Christopher zuckte vor den Flammen zurück und

verschwand wieder im Haus. Eli lief außen herum zur Küchentür. Christopher, seine kleine Schwester fest an sich gedrückt, stolperte ihm bereits entgegen.

Eli lief zu ihm. »Wo sind deine Mutter und die anderen?«

»Noch drin.« Christopher reichte ihm Beth Ann und wollte wieder ins Haus laufen.

Die federleichte Beth Ann auf dem Arm, griff Eli mit der anderen Hand nach Christopher und bekam ihn am Oberarm zu fassen. »Du gehst da nicht mehr rein!«

Der Junge wehrte sich gegen seinen Griff. »Ich muss aber!«, schrie er. »Sie braucht Hilfe!«

»Hilfe ist schon da.« Er gab ihm die weinende Beth Ann zurück. »Pass auf sie auf. Bleibt hier draußen!«

Ohne auf Antwort zu warten, zog er sich den Kragen seines Hemds über Mund und Nase und stürzte in die Küche.

* * *

Honor umklammerte mit der Linken die Hände der Zwillinge, mit der Rechten presste sie ein nasses Handtuch an ihre Nase. Voller Angst versuchte sie, in dem dichten Rauch im Flur irgendetwas zu erkennen. Der Mond schien nur schwach, aber das war besser als nichts. Doch beim nächsten Schritt stolperte sie und verdrehte sich den Knöchel. Ihre Angst wuchs ins Unermessliche.

»Mama?«

»Schon gut, Gus. Leuchte uns mit der Taschenlampe.« Das Handtuch rutschte herunter, der Rauch traf sie mit voller Wucht. »Geh weiter, Liebling«, krächzte sie und schob das Handtuch mit einer Hand wieder vor den Mund. Sie wagte nicht, ein Kind loszulassen, um den Lappen an Ort und Stelle zu halten. Vorsichtig setzte sie einen Fuß vor den anderen und unterdrückte die Panik, die in ihr zu explodieren drohte.

Vor zwei Minuten war Beth Ann auf ihr Bett gesprungen, hatte sie aufgeweckt und gejammert, dass ihr Zimmer nach Rauch roch. Honor hatte ihre Taschenlampe angemacht. Das gesamte Obergeschoss wirkte wie ein nebliger Morgen im Strahl eines Leuchtturmscheinwerfers. Sie hatte die Jungen geweckt. »Holt euch nasse Handtücher aus dem Bad und bedeckt euch damit Mund und Nase. Und dann lauft hinaus! Schnell! Beeilt euch!«

Christopher hatte Beth Ann auf den Arm genommen und war vor fünf Sekunden mit ihr die Treppe hinuntergepoltert. Harry war direkt hinter ihr. Er hatte die Anweisung, den Bund ihrer Schlafanzughose auf gar keinen Fall loszulassen. Mit pochendem Knöchel stieg sie die Stufen hinunter, doch unten war der Rauch noch viel dichter. Flammen schlugen ihr entgegen. Oh nein, nein! Tränen traten ihr in die Augen, trübten ihre Sicht. Sie blinzelte sie fort und versuchte verzweifelt, ihrer wachsenden Panik Herr zu werden. *Denk an die Kinder. Bring die Kinder raus.* Ihr Knöchel gab erneut nach, sie fiel und landete in der Hitze am Fuß der Treppe.

»Honor!«

Eli zog sie auf die Füße, dann hob er Gus hoch. »Geht durch die Küche!«

Blinzelnd, verzweifelt bemüht, etwas zu sehen und zu atmen, packte sie Samuels Hand fester und folgte Eli nach links in die Küche. Zusammen stolperten die fünf Menschen durch die Tür in die Nacht hinaus.

Christopher, noch immer mit Beth Ann auf dem Arm, schrie vor Freude auf und rannte, behindert durch seine Last, auf sie zu. Die Angst auf seinem jungen Gesicht zerriss ihr das Herz.

»Wir sind okay!«, rief sie ihm zu. »Bleib zurück!«

Harry ließ sie los und rannte zu seinem Bruder und seiner Schwester.

Honor strich Samuel über das Gesicht. »Ist alles in Ordnung?«

»Ja, Mama.« Er hustete und wischte sich mit der Hand über die rußige Wange.

»Gus?«

»Es geht ihm gut«, sagte Eli. »Aber lassen Sie sich mal anschauen.« Er winkte zwei Feuerwehrleute herbei.

»Ich bin Jason Tanner, Ma'am«, sagte der erste. »Kommen Sie bitte mit.«

Ohne den Blick von ihren Kindern zu lassen, ließ Honor sich von dem Mann zu einem Ambulanzwagen führen, der etwa vierzig Meter von dem brennenden Haus entfernt stand. Beth Ann streckte ihr die Arme entgegen. Sie hob ihre kleine Tochter hoch und presste sie an sich.

»Ist mein Zimmer verbrannt, Mama?«

»Ich weiß nicht, Liebes. Aber wichtig ist nur, dass wir in Sicherheit sind«, sagte sie, während ein Sanitäter ihren Knöchel untersuchte. »Das Haus kann repariert werden.« Ihr Blick fiel auf Eli, der schweigend neben einem der Sanitäter stand, die ihre Kinder in den Rettungswagen gehoben hatten.

»Eine leichte Stauchung«, sagte der junge Mann. »Ich werde ihn tapen, damit Sie besseren Halt haben. Passen Sie auf, dass Sie ihn in nächster Zeit etwas schonen.«

»Danke«, murmelte sie abwesend. In ihrem Kopf ratterte es: Was war passiert? »Warum steht meine Veranda in Flammen?«, fragte sie Eli verzweifelt, der immer noch bei ihr stand.

»Das wird noch untersucht. Ich habe zufällig aus meinem Fenster geschaut und die Flammen gesehen.«

Sie zog die Brauen hoch. »Sie wohnen so nah bei uns?«

Er lächelte. »Gleich hinter dem Hügel. Unsere Grundstücke grenzen aneinander.«

»Oh.« Sie räusperte sich und küsste Beth Ann auf den Scheitel. Das kleine Mädchen war an ihrer Schulter eingeschlafen. Die Arme taten ihr weh, aber das musste sie ertragen. Sie legte sich das Kind auf den anderen Arm. Beth Ann protestierte leise.

Eli streckte die Arme aus. »Geben Sie sie mir.«

»Sie ist ziemlich schwer.«

Er ließ ein leises Brummeln hören. War das ein Lachen? »Ich glaube, ich schaffe das«, sagte er.

Sie wurde rot. »Natürlich.«

In den Armen dieses Riesen sah ihre Tochter winzig aus – und schien sich sehr wohlzufühlen. In Honor stieg eine wohlige Wärme auf, trotz der kalten Nacht. Wie es wohl sein mochte, jemanden zu haben, der einem half, jeden Tag die Last des ganz gewöhnlichen Alltags zu stemmen? Sie hatte eine solche Hilfe nie kennengelernt, doch sie glaubte, dass es sie gab, weil sie sie bei anderen gesehen hatte. Vielleicht wurde sie eines Tages ja auch ihr zuteil – falls sie ihr lausiges Urteilsvermögen, was Männer betraf, verbessern konnte.

»Mama?«

Sie drehte sich um. Christopher sah sie eindringlich an. »Ja?«

»Ich habe jemanden im Hof gesehen, bevor das Feuer ausbrach.«

Ein Schauder vertrieb die Wärme, die sie soeben noch erfüllt hatte. »Was?«

»Irgendwas hat mich aufgeweckt und ich bin zum Fenster gegangen. Da stand ein Mensch auf dem Hof. Dann drehte er sich um und ging weg. Ich glaube, er ist in den Wald hinter dem Haus gegangen.«

Honor sah Eli an. »Kann das Mr Young gewesen sein?«

»Zeb?« Eli schüttelte den Kopf. »Das bezweifle ich. Er ist bestimmt zum Imbiss gegangen, wo er es warm hat.«

»Nein, er war es nicht«, sagte Christopher. »Der Typ war größer. Und dicker. Und er hatte eine Baseballkappe auf.«

Honor sah Eli an. Der runzelte die Stirn. »Komm, wir sagen es dem Sheriff.«

Der Feuerwehrmann, der sich Honor als Jason vorgestellt hatte, kam zu ihnen. »Das Feuer ist gelöscht«, sagte er. »Wir bleiben für den Rest der Nacht noch da, um sicherzustellen, dass es nicht irgendwo wieder aufflammt, aber Sie brauchen für die nächsten Wochen eine andere Unterkunft. Tut mir leid.«

Sie schloss die Augen und schluckte ihren Stolz herunter. »Ich habe kein Geld«, sagte sie dann, so leise, dass die Männer sie kaum verstanden. »Ich kann es mir nicht leisten, woanders hinzugehen. Wir müssen hierbleiben und sehen, wie wir zurechtkommen.«

»Sie kann bei mir wohnen«, sagte Eli. Als sie protestieren wollte, hob er die Hand. »Hier können Sie nicht bleiben. Wir wissen nicht, ob die Strom- und Wasserleitungen durch das Feuer beschädigt wurden. Ich weiß, dass Sie mein Haus nicht wollen, aber das Gästehaus ist leer und es ist alles bereit. Es hat zwei Schlafzimmer, ein großes Wohnzimmer und eine Küche. Mit etwas gutem Willen passen Sie alle hinein. Ich habe ein paar Luftmatratzen, die können die Kinder haben. Natürlich kann ich Sie nicht zwingen, aber ich würde mich wirklich freuen, wenn Sie einverstanden wären. Es wäre ein bisschen eng, aber wenigstens sicher und warm.«

Beth Ann hob den Kopf und legte die Hände an sein Gesicht. »Gibt eſ dort ein Bett?«

»Ja, Kleine. Es gibt sogar drei Betten.«

»Dann kommen wir mit. Die ganzen Strapazen haben unſ wirklich erschöpft.« Sie legte den Kopf wieder an seine Schulter.

Honor konnte nicht anders, sie musste lachen. Sie sah Samuel, Gus, Harry und Christopher an. Die Jungen erwiderten ihren Blick. Sie sagten nichts, aber sie sah ihnen an, dass sie sich nichts sehnlicher wünschten, als ruhig schlafen zu können.

Honor gab nach. Sie nickte. »Okay. Vielen Dank. Wir nehmen Ihr freundliches Angebot an.«

Eli lächelte. Ihre Kinder atmeten erleichtert auf. Es tat Honor in der Seele weh, dass sie das alles miterleben mussten, dass ihre Unschuld zerstört wurde durch die Schuld ihres Vaters – und die Schuld des Mannes, der sie verfolgte.

Jason sah Honor an. »Ich rufe Nolan, er sollte so bald wie möglich mit Ihnen reden. Vielleicht findet er heraus, wer das gewesen ist.«

Sie biss sich auf die Lippen. »Nolan?«

»Oh, Verzeihung«, sagte Jason. »Er ist der Sheriff. Er war vorher einige Jahre im Polizeidienst, aber als unser Sheriff vor vier Monaten in Pension ging, wurde Nolan als sein Nachfolger gewählt. Er ist gut in seinem Beruf – und das sage ich nicht, weil er mein Bruder ist.«

Honor nickte bei all diesen Informationen nur stumm.

»Es ist fast Mitternacht«, sagte Eli. »Sag ihm, er soll zum Gästehaus kommen, wenn er mit Honor reden möchte. Wir bringen jetzt erst mal die Kinder ins Bett.«

»Gut. Er wird sie sicher sprechen wollen, um sich ein besseres Bild von der Geschichte machen zu können.« Jason zog ein Handy aus einer seiner vielen Taschen und wählte eine Nummer.

Eli wandte sich an Honor. »Ich habe alles, was Sie für eine Nacht brauchen. Morgen können wir hierherfahren und nachsehen, ob wir ein paar Ihrer Sachen retten können.«

Das war ein großartiger Plan, fand sie. Inzwischen wünschte sie sich nur noch, ihre Kinder in ein Bett legen zu können. Mit allem anderen wollte sie sich später befassen. Die zwei Stunden Schlaf, die sie gehabt hatte, bevor Beth Ann sie aufgeweckt hatte, hatten ihr gutgetan. Im Moment fühlte sie sich gar nicht so müde, doch sobald ihr Adrenalinspiegel sinken würde, würde sie wahrscheinlich einfach umkippen.

Sie warf einen letzten Blick auf ihr rauchendes Zuhause. Sie war dankbar, dass sie und ihre Kinder in Sicherheit waren, doch es bestand kein Zweifel mehr, dass der Mann, der sie bedrohte, sie gefunden hatte. Das hatte er ihr deutlich zu verstehen gegeben.

Fünf

Eli öffnete die Tür des Gästehauses und Honor trat ein. Sie schlüpfte aus dem schweren Mantel, den er ihr umgelegt hatte, und hängte ihn an einen Haken an der Garderobe. Auch den Kindern nahm er die Jacken ab. Alle fünf Kinder hatten sich ganz still an die Wand gelehnt, die Augen weit offen, die Lippen fest zusammengepresst, und starrten ihr neues, provisorisches Zuhause an.

Sein Magen krampfte sich zusammen. Kinder sollten solche Situationen nicht bewältigen müssen. »Okay, Leute, die Luftmatratzen sind gleich fertig. Beth Ann, du schläfst in dem Bett in dem großen Zimmer gleich hier.« Er zeigte ihr den Weg. »Du teilst es dir mit deiner Mama, in Ordnung?«

Beth Ann schob einen Daumen in den Mund – eine Geste, die Honor seit zwei Jahren nicht mehr bei ihrer Tochter gesehen hatte, – und ging in das Zimmer, das er ihr gezeigt hatte, ohne sich noch einmal umzudrehen.

Die vier Jungen beobachteten ihn. Er öffnete den

Schrank im Flur und nahm eine große Luftmatratze und eine Luftpumpe heraus. »Gut. Ihr bekommt das zweite Schlafzimmer. Es steht ein Doppelbett drin. Die Luftmatratze legen wir vors Fenster. Der Vierte kann das Sofa nehmen.«

»Das nehme ich«, sagte Christopher.

»Leider gibt es nur ein einziges Badezimmer zwischen den Schlafzimmern, ihr werdet es also der Reihe nach benutzen müssen.«

»Das passt schon«, sagte Honor. Etwas anderes war keiner von ihnen gewohnt. »Vielen Dank.«

»Ich nehme die Luftmatratze«, sagte Harry. »Gus und Sam können die Betten haben, aber ich will als Erster ins Bad.«

Bald lagen die Jungen warm eingemummelt unter Bergen von Decken und Eli ging zur Tür.

Draußen auf dem Flur blieb er stehen und sah Honor an. »Möchten Sie sich in den Wintergarten setzen und dort auf Nolan warten? Es gibt eine Tür, wir können also reden, ohne dass kleine Ohren mithören.«

Sie zögerte, dann nickte sie. »Gern. Ich sehe nur rasch noch mal nach Beth Ann.«

Als sie zurückkam, hielt Eli schon ihren Mantel bereit. »Es ist zwar ein abgeschlossener Wintergarten«, meinte er, »aber es kann trotzdem ein bisschen frisch sein. Ich kann nachher den Heizofen anmachen, falls wir ihn brauchen.«

Sie zog den Mantel an und schloss den obersten

Knopf. »Beth Ann wollte grade doch tatsächlich wissen, ob sie morgen in die Schule gehen kann.«

Eli zog verwundert die Augenbrauen nach oben. »Ich denke, es wäre durchaus in Ordnung, wenn sie erst mal noch zu Hause bleibt, schließlich war es eine recht abenteuerliche Nacht«, sagte er möglichst unverbindlich und versuchte, sich nicht anmerken zu lassen, wie beeindruckt er von der Stärke dieser Familie war. Alle, Honor und die Kinder eingeschlossen, hatten einen unglaublichen Willen zu leben und das Beste aus jeglicher Lage zu machen.

»Mir wäre es auch lieber, aber sie möchte unbedingt in die Schule«, seufzte Honor. »Ich habe gesagt, wenn sie früh genug wach wird, würde ich versuchen, sie hinzubringen. Noch während ich geredet habe, ist sie eingeschlafen. Es wird nicht lange dauern und die anderen schlafen auch.«

Im Wintergarten setzten sie sich in die Hängeschaukel, die er letzten Sommer gebaut hatte.

»Schön ist das«, sagte sie. »Fühlt sich an wie im Freien, aber man ist doch geschützt.«

»Mir gefällt es auch.« Er schwieg und überlegte, ob er sie fragen konnte, was eigentlich los war. Oder würde sie dann wütend werden? »Sie müssen meine Frage nicht beantworten, wenn Sie nicht wollen, aber mir ist, seit ich Sie zum ersten Mal gesehen habe, aufgefallen, dass Sie schrecklich nervös sind«, fing er an. »Und Christopher dachte, er hätte jemanden draußen gesehen, bevor das Feuer ausbrach. Wovor – oder vor wem – laufen Sie davon, Honor?«

Sie wandte seufzend den Blick ab und wickelte sich fester in ihren Mantel. Sie sah so klein und verängstigt aus. Bevor ihm klar wurde, was er tat, nahm er ihre Hand und drückte sie sanft.

Sie zuckte zusammen, riss die Augen auf und sah ihn mit einer Mischung aus Überraschung und Angst an.

Er ließ sie augenblicklich wieder los. »Oh. Entschuldigung. Ich wollte Sie nicht erschrecken.«

Sie wurde rot. »Nein, ich muss mich entschuldigen. Ich bin nicht an ... tröstende Gesten gewöhnt, glaube ich.«

Eli runzelte die Stirn. »Erzählen Sie mir von Ihrem Mann.«

Sie schlug ihre blauen Augen nieder und betrachtete ihre Hände. Dann zuckte sie kaum wahrnehmbar mit den Schultern. »Was soll ich da sagen? Er war kein besonders anständiger Mensch. Bei unserer Heirat dachte ich natürlich, er sei es, aber ich merkte schon bald, dass er mir etwas vorgemacht hatte. Darin war er sehr gut.«

»Das ... tut mir leid.«

»Als er starb, schuldete er einigen höchst widerwärtigen Leuten offenbar sehr viel Geld. Einer von ihnen ist bei mir aufgetaucht und hat es eingefordert. Als ich ihm sagte, dass ich kein Geld hätte, hat er mich bedroht. Und meine Kinder auch.« Sie schwieg.

»Ich verstehe.« Auch er schwieg eine Weile, dann fragte er: »Warum habe ich das Gefühl, dass da noch mehr dahintersteckt?«

Sie biss sich auf die Lippen und schien zu überlegen, ob sie weitersprechen sollte. »Vor ein paar Wochen habe ich ein Gespräch meiner Schwiegereltern belauscht. Sie wollen mit mir um das Sorgerecht streiten.«

»Kam das überraschend für Sie?«

»Eigentlich nicht. Ich hatte schon mit so etwas gerechnet. Ich bin dann fortgezogen, bevor sie den Antrag stellen konnten. Ich hatte gehofft, wenn sie es nach meinem Weggehen tun, würde es so aussehen, als seien sie einfach nur beleidigt, weil ich weggezogen bin.«

»Aber warum wollen sie das überhaupt tun? Sie sind eine großartige Mutter, das sieht doch jeder.« Noch einmal nahm er vorsichtig ihre Hand und drückte sie sanft. Diesmal zog sie sie nicht sofort zurück.

»Ich glaube nicht, dass es etwas mit meinen Fähigkeiten als Mutter zu tun hat«, sagte sie leise.

In dem Moment, wo sie so verletzlich wirkte, wurde ihm bewusst, wie klein ihre Finger in seiner Hand waren, und er bekam es mit der Angst zu tun. In den wenigen Stunden, seit er sie kannte, hatte er bereits

Zuneigung zu ihr entwickelt. Er fühlte sich zu ihr hingezogen, doch gleichzeitig fürchtete er sich davor.

Seit Audra ihn verlassen und Jackson mitgenommen hatte, war etwas in seinem Herzen zerbrochen. Er hatte sich geschworen, Frauen und Kindern ein für alle Mal zu entsagen und seinen Traum von einer Familie loszulassen. Also: Keine Frauen mit Kindern. Und schon gar nicht mit fünf Kindern. Auch wenn es zugegebenermaßen fünf ganz reizende Kinder waren.

Er rief sich zur Besinnung. Seine Gefühle spielten hier überhaupt keine Rolle. Sie schien ihm zwar ihre Misere ganz offen geschildert zu haben, doch er hatte noch immer das Gefühl, dass da noch etwas war, was sie ihm bisher verschwiegen hatte. »Und was war noch?«, fragte er.

Sie blickte in die Richtung, wo ihr künftiges Zuhause stand. »Und dann hat jemand versucht, mich von der Straße abzudrängen.«

Bevor er sie nach Einzelheiten fragen konnte, parkte Nolan in der Einfahrt und stieg aus seinem Streifenwagen aus.

»Das ging ja sehr viel schneller, als ich dachte«, stellte sie fest.

»Hier dauert es nie lange, irgendwohin zu kommen«, erklärte Eli.

Sie schwiegen, bis Nolan den Wintergarten betrat und sich in den Schaukelstuhl neben der Hollywoodschaukel gesetzt hatte. Eli machte die beiden bekannt.

Nolan sah Eli an und nickte zu Honor hinüber. »So. Jetzt erzählt mal, was hier vorgeht.«

»Wir haben uns gerade darüber unterhalten«, sagte Eli. Er berichtete seinem Cousin, was Honor ihm erzählt hatte, bis zu der Eröffnung, dass jemand versucht hatte, sie von der Straße abzudrängen.

Nolan kniff die Augen zusammen. »Erzählen Sie weiter«, forderte er Honor stirnrunzelnd auf.

»Ich bin letzte Woche vom Einkaufen nach Hause gefahren, als plötzlich ein Auto aus dem Nichts auftauchte und mich von hinten rammte. Ich konnte den Wagen abfangen und bin seitlich rangefahren, aber die Person, die mich gerammt hat, fuhr weiter, ohne auch nur einmal zurückzublicken.«

»Sind Sie sicher, dass es Absicht war?«

»Absolut.«

Die ruhige Sicherheit in ihrer Stimme gab Eli einen Stich ins Herz. Er sah zu Nolan hinüber.

»Okay. War das alles?«, fragte Nolan.

Ein Schauder überlief sie. »So ziemlich. Ich wusste nicht, was ich tun sollte. Da waren erstens meine Schwiegereltern, die mir das Sorgerecht entziehen lassen wollten, und dann noch die Leute, denen ich Lorenzos Schulden zurückzahlen sollte. Also bin ich weggelaufen. Leider sieht es so aus, als seien sie mir gefolgt.«

»Wie kommen Sie darauf?«

»Ich bin mir nicht sicher, ob das Feuer wirklich ein Unfall war.«

Nolan und Eli wechselten einen Blick, den sie nicht zu deuten wusste. »Was ist?«, fragte sie alarmiert.

»Wir glauben auch nicht, dass es ein Zufall war.«

»Und warum nicht?«

»Weil in Ihrem Reifen eine Kugel steckte.«

Sie blinzelte, dann sog sie langsam die Luft ein. »Ich verstehe.«

»Sie sind nicht überrascht«, konstatierte Nolan.

»Ich ...« Sie schüttelte den Kopf. »Nein, das bin ich nicht. Ich dachte es mir schon, als es passierte. Es war das Erste, was mir durch den Kopf ging, noch bevor ich auf die Bremse trat. Und dann war Eli da und hat mir geholfen, und ich ... ich beschloss einfach, dass es ein Unfall war. Dass sich auf der Fahrt etwas in den Reifen gebohrt hatte oder dass ich über einen Nagel gefahren war. Ich wollte es glauben.« Sie blickte auf. »Es war leichter so.«

»Was das Feuer betrifft«, sagte Nolan, »lasse ich jemanden aus Asheville kommen, der sich umsehen soll und feststellen kann, wo genau es ausgebrochen ist.«

Sie nickte.

Eli beschrieb Nolan den Mann, den Christopher vor dem Feuer auf dem Hof gesehen hatte. »Klingt das nach jemandem, den du kennst?«

»Die Beschreibung ist sehr vage«, meinte Nolan

und schüttelte den Kopf. »Das könnten viele hier sein.« Er sah Honor an. »Das Beste wäre, Sie bleiben erst mal hier. Hier kann Eli wenigstens ein Auge auf Sie haben. Ist Ihr Haus versichert gewesen?«

»Ja. Meine Großtante hat es vor ihrem Tod auf mich überschrieben. Die Steuern und die Versicherung sind bis Ende dieses Jahres bezahlt.« Sie hatte an dem Tag, an dem die Nachricht vom Anwalt eingetroffen war, selbst die Post geholt. »Es war ein unverhofftes, wunderbares Geschenk.« Bis Lorenzo den Brief gefunden hatte.

* * *

»Du wirst es mir überschreiben und ich werde das Haus verkaufen. Wir brauchen das Geld«, sagte er mit einer drohenden Stimme.

»Nein.«

»Du machst es oder ...«

»Oder was, Lorenzo?« Sie wartete nicht, bis er antwortete. »Es gehört mir. Mein Name, meiner ganz allein, steht auf der Urkunde. Nicht deiner. Und ich werde es dir nicht überschreiben.«

»Das werden wir ja sehen.« Bei diesen Worten stieg die Angst in ihr auf, doch sie hob entschlossen das Kinn und verließ das Zimmer.

In der darauffolgenden Woche war er bei dem Autounfall gestorben.

* * *

»Honor?«

Sie blinzelte die Erinnerungen fort und konzentrierte sich auf die beiden Männer vor ihr. Nolan und Eli sahen sie stirnrunzelnd an.

»Ist alles in Ordnung?«, fragte Eli.

»Ja. Entschuldigung.«

»Sie brauchen erst einmal Ruhe«, sagte Eli. »Die brauchen wir übrigens alle.«

»Ich muss die Kinder zur Schule anmelden«, sagte Honor unvermittelt. Und plötzlich fiel ihr noch etwas ein und sie rief entsetzt: »Kleider.«

»Was?«

»Meine Kinder brauchen Kleidung.« Sie stöhnte. »Ich muss noch mal zum Haus gehen und ein paar Sachen holen. Und die müssen dann noch gewaschen werden, damit sie trocknen können.« Die Erschöpfung legte sich auf sie wie eine schwere Decke.

»Sie wollen sie morgen in die Schule schicken?«

»Nein, natürlich nicht, aber sie brauchen trotzdem ihre Kleidung. Wir müssen ein paar Sachen besorgen und ich kann sie doch nicht allein lassen.«

Eli stand auf. »Um all das kümmern wir uns morgen. Jetzt brauchen Sie erst einmal Ruhe. Ich lasse Lady hier bei Ihnen. Sie weckt Sie, wenn etwas nicht in Ordnung ist.«

»Sind Sie sicher?«

»Ja. Sie ist ein ehemaliger Rettungshund. Ich habe sie zu mir genommen. Ihre Hüfte machte ihr Probleme und ihr Besitzer meinte, sie nicht mehr gebrauchen zu können.«

»Das war sehr freundlich von Ihnen.«

Er zuckte die Achseln. »Ich lebe allein. Ich war einsam und sie ist eine gute Gefährtin.«

Nolan erhob sich ebenfalls. »Ich sage der Streife, dass sie heute Nacht noch ein bisschen aufpassen sollen. Ich selbst muss jetzt nach Hause, sonst lässt Kallie mich suchen.«

»Kallie?«, fragte Honor verwirrt. Sie war völlig neben sich mittlerweile.

»Meine Frau.«

Er sagte die zwei einfachen Worte mit einem solchen Stolz und einer so tiefen Liebe in der Stimme, dass Honor einen Moment sprachlos war. Ein schmerzhafter Stich der Sehnsucht durchfuhr sie. Sie räusperte sich. »Natürlich. Vielen Dank, dass Sie gekommen sind.«

»Rufen Sie sofort an, wenn Ihnen irgendetwas seltsam vorkommt, ja?«

»Ja, mach ich. Vielen Dank.«

Als Nolan gegangen war, wandte sie sich an Eli. »Wie kommt es, dass Sie nicht verheiratet sind?« In einem weniger übermüdeten Zustand hätte sie sich nie getraut, diese Frage einfach so zu stellen.

Ein Schatten legte sich über sein Gesicht, trotz seiner Überraschung. Er zuckte die Achseln. »Es hat nicht funktioniert.« Er seufzte, als sie ihn weiter fragend anblickte. »Ich hatte Interesse an einer Frau, aber sie entschied, dass die Karriere ihr wichtiger war als ich.«

»Ich denke mal, das war die Kurzversion.«

»Stimmt. Sie hatte mich um Hilfe gebeten und ich habe sie aus einer Beziehung herausgeholt, in der sie misshandelt wurde. Als ihr Freund schließlich verhaftet war, entschied sie, dass sie – und ihr Sohn – mich nicht mehr brauchten, und zog weiter.«

»Oje. Das muss wehgetan haben.«

»Ja.« Er zuckte die Achseln. »Das war vor einem Jahr.«

»Ich verstehe Sie. Allein zu sein ist besser, als unglücklich verheiratet zu sein.« Sie schüttelte den Kopf und seufzte. »Ich hatte mir meine Ehe auch völlig anders vorgestellt.«

»Werden Sie jemals wieder heiraten?«

»Ich glaube nicht, dass es mir vergönnt ist.« Sie schüttelte den Kopf und ihre Augen blickten traurig.

»Ja. Mir geht's genauso.«

»Hm.« Sie stand auf. »Wir geben vielleicht ein Paar ab.«

»Da haben Sie recht. Es wird Zeit reinzugehen.« Er machte die Tür auf, aber wandte sich noch einmal um. »Lady kann heute in der kleinen Hundehütte neben dem Haus schlafen, wenn Sie möchten.«

»Kann sie nicht zu uns reinkommen?«

»Doch, gerne. Ich wusste nur nicht, ob Sie das wollen.«

»Natürlich will ich das. Wir lieben Tiere.«

Er stieß einen leisen Pfiff aus und ein paar Sekunden später tauchte ein schöner Golden Retriever auf und kam auf sie zugelaufen.

»Sie sieht gar nicht aus, als machte ihre Hüfte ihr Probleme«, sagte Honor, während sie Lady streichelte. Das freundliche Wesen der Hündin tat ihrer Seele gut.

»Ich habe sie vor sechs Monaten operieren lassen und gegen die Arthritis bekommt sie Medikamente. Sie ist die meiste Zeit schmerzfrei und glücklich.«

»Das freut mich. Ich stelle ihr eine Schale mit Wasser hin.«

Eli ging. Lady folgte Honor in die Küche und wartete, bis sie eine Schale mit Wasser gefüllt und auf den Boden gestellt hatte.

Dann machte Honor die Runde und sah nach ihren schlafenden Kindern – ihren heiß geliebten, unschuldigen Kindern. Sie schluckte. Jetzt, wo Eli nicht mehr in ihrer Nähe war, meldete sich ihre Panik zurück.

Er hatte sie aufgespürt. Doch wie nur? Gab es denn keinen Ort auf der Welt, an dem sie vor ihm sicher war? Wieder dachte sie ernsthaft daran zu beten, aber was sollte sie sagen? Würde Gott ihr überhaupt zuhören, nachdem sie ihm an allem, was in ihrem Leben schiefgegangen war, die Schuld gegeben hatte? Sie seufzte und rieb sich die Augen.

Wenn sie sich nicht sehr bald etwas einfallen ließ, würde sie tot sein und ihre Kinder auf Gedeih und Verderb dem Mann ausliefern, der so leichthin davon gesprochen hatte, sie zu verkaufen. Sie musste sie in Sicherheit bringen. Sie holte tief Luft und schwor sich, eine Lösung zu finden.

Oh bitte, Gott, sag mir doch, was ich tun soll. Das war das einzige Gebet, das ihr über die Lippen kam.

Sechs

Eli hatte nur wenig geschlafen. Die ganze Nacht über, oder was davon noch übrig gewesen war, war er immer wieder aufgestanden und hatte durchs Fenster zu dem kleinen, knapp dreißig Meter entfernten Gästehaus hinübergespäht. Jedes Mal, wenn er nachgesehen hatte, war alles ruhig gewesen. Auch Lady hatte nicht erkennen lassen, dass irgendetwas nicht stimmte. Also hätte er eigentlich beruhigt schlafen können.

Jetzt war es halb acht und die Sonne war bereits aufgegangen. Leider waren Honor und ihre Kinder nicht die einzige Sorge, die ihm auf der Seele lastete. Sein Bruder hatte ihm vor zwanzig Minuten eine Nachricht geschrieben. Offenbar entwickelten sich die Rettungsversuche für seine Ehe ganz und gar nicht so, wie er es sich erhofft hatte. Seine Frau hatte ihm nach drei Jahren Ehe mitgeteilt, dass sie eine Auszeit brauche, von ihrem ganzen Leben, aber vor allem von ihm. Hudson war tief verletzt.

Eli nahm sein Handy in die Hand und schickte seinem Bruder eine Nachricht:

Komm doch nach Hause.

Hudson antwortete sofort:

Nein, noch nicht. Danke für deine Hilfe.

Eli schrieb zurück:

Okay. Pass auf dich auf und sag mir, wenn du was brauchst.

Hier hätte er noch einen weiteren Grund, launischen Frauen gegenüber misstrauisch zu sein. Wieder wanderte sein Blick zum Gästehaus. Launisch oder nicht, Honor war eine Frau, die seine Hilfe brauchte, und er würde sie beschützen. Und dann würde er ganz leise aus ihrem und aus dem Leben ihrer Kinder verschwinden. Er könnte sich auch jetzt gleich zurückziehen, bevor er zu tief in das Ganze involviert wurde, doch wenn er in dieser Situation nicht auf sie aufpasste und ihr dann tatsächlich etwas zustieß, würde er sich nie mehr im Spiegel ansehen können. Das kam überhaupt nicht infrage.

Trotzdem war das noch lange kein Grund, dass sein Herzschlag sich jedes Mal beschleunigte, wenn sie in der Nähe war. Gerade in diesem Augenblick ging die Vordertür des Gästehauses auf. Lady schoss heraus, gefolgt von Beth Ann, die jedoch gleich darauf stehen blieb und sich zur Tür umdrehte. Honor tauchte auf und natürlich schlug sein Herz sofort schneller. Einfach lächerlich. Sie sagte etwas zu Beth Ann. Das Kind nickte lebhaft. Eli öffnete die Hintertür seines Hauses, um zu hören, was sie besprachen, doch anscheinend war die Konversation bereits beendet.

Lady verrichtete ihr Geschäft, dann lief sie zu dem kleinen Mädchen und leckte ihr das Gesicht. Beth Ann quiekte, lachte und umarmte den Hund. Dann lief sie zurück ins Haus. Honor sah sich im Hof um und schaute zu den Bäumen hinüber, die sein Grundstück säumten, als suche sie nach jemandem – oder als erwartete sie, dass sich jemand auf sie stürzte. Dann ging auch sie wieder hinein und schloss die Tür.

Eli rieb sich das Gesicht, schüttelte den Kopf und ging ins Bad. Er duschte, rasierte sich und kleidete sich an, alles in Rekordzeit. Dann schnappte er sich Eier, Speck, Schinken und Käse und legte alles in eine Kühltasche.

Nolan fuhr gerade vor, als er aus dem Haus trat. »Du bist aber früh dran.«

Er stieg aus und nahm eine Tasche vom Rücksitz. »Kleidung und ihre Geldbörse. Ich nehme mal an, beides braucht sie.«

»Du warst gestern noch mal in dem Haus?«

»Ja. Und es ist alles frisch gewaschen und getrocknet.«

»Warst du die ganze Nacht auf?

»So ziemlich. Ich wollte nicht, dass sie sich deshalb Sorgen macht, und außerdem wollte ich mir einen Eindruck verschaffen, wie schlimm das Ganze wirklich ist. Sie hat Glück gehabt. Im Obergeschoss ist nur ein Wasserschaden. Unten ist das Wohnzimmer angekokelt, aber nicht so schlimm, wie es aussah, als es brannte. Die Küche ist Gott sei Dank verschont geblieben. Trotzdem wird es eine ganze Weile dauern, bis alles wieder in Ordnung gebracht ist.«

»Sie kann in meinem Gästehaus wohnen, solange es nötig ist.«

Nolan musterte ihn prüfend, eingehender, als es Eli lieb war. »Sie hat einen ziemlichen Eindruck auf dich gemacht«, stellte er fest.

»Es sieht so aus, ja.« Es war sinnlos, es zu leugnen. Er stellte die Tasche mit den Kleidern auf die Kühlbox. »Ich wollte ihr sowieso gerade diese Sachen rüberbringen.«

»Alles klar, dann werde ich jetzt mal ein bisschen rumfragen, ob wir irgendwelche Fremden im Hotel in der Stadt haben.«

* * *

Eli ging zum Gästehaus und klopfte.

Harry öffnete und sah ihn stirnrunzelnd an.

»Hi«, sagte Eli.

»Hi.«

Lächelte dieses Kind auch manchmal? »Kannst du kochen?«, fragte Eli.

»Nein.«

»Es heißt ›Nein, Sir‹, junger Mann.« Das kam von Honor, die hinter Harry aufgetaucht war. Sie sah ihren Sohn tadelnd an.

Der wurde rot. »Ich meinte: Nein, Sir, ich kann nicht kochen.«

Honor klopfte ihm auf die Schulter. »Sehr schön. Danke, Harry.« Dann sah sie Eli mit hochgezogenen Brauen an. »Guten Morgen.«

»Morgen. Wollten die Kinder denn nicht wenigstens heute mal ausschlafen?«

»Offenbar nicht.«

»Ich habe Ihnen allen ein paar saubere Klamotten und was zum Essen und Ihre Geldbörse mitgebracht.« Er gab ihr die Tasche, dann deutete er auf die Kühlbox. »Ich dachte, Sie sind vielleicht hungrig.«

»Verhungert trifft es eher«, sagte Christopher. »Wir waren drauf und dran, an dem See, den ich vom Küchenfenster aus gesehen habe, angeln zu gehen.«

Eli schmunzelte und trat verlegen von einem Fuß auf den anderen.

»Kommen Sie rein«, sagte Honor. Sie nahm die Tasche mit den Kleidern und drückte sie an die Brust. »Vielen, vielen Dank. Wann haben Sie das denn gemacht?«

»Das war Nolan.«

»Ich muss mir was überlegen, wie ich ihm danken kann.« Sie trat zurück. Eli trug die Kühlbox in die Küche und packte sie unter den begeisterten Blicken der Kinder aus, die auf die Barhocker auf der anderen Seite der Küchentheke geklettert waren.

Eli holte eine große Schüssel aus dem Schrank und

stellte sie vor Gus hin. »Kannst du die Eier aufschlagen und mit ein bisschen Milch verquirlen?«

»Ich?« Der Junge sah ihn mit großen Augen an.

»Du kann*ft* da*f*, Bruderherz«, sagte Beth Ann.

Der Kleine nahm mit zweifelndem Blick ein Ei in die Hand und schlug es auf den Schüsselrand. Eidotter und Schale fielen hinein. Er wurde blass. »Tut mir leid«, flüsterte er.

»Ist gar nicht schlimm«, meinte Eli gutmütig und bemüht, seinen aufsteigenden Zorn auf den Mann, der Gus derartig in Angst versetzt haben musste, dass er bei einem zerbrochenen Ei erstarrte, nicht zu zeigen.

»Ich hab die Schale reinfallen lassen.«

Eli zuckte die Achseln. »Das macht doch nichts, mein Junge. Wenn ein Stückchen Schale reinfällt, holst du es einfach wieder raus.« Sein Blick fiel auf Honor, die in der Tür stand und zusah.

»Aber wie?«, fragte Harry.

Mit zwei Fingern zog Eli eins der größeren Stücke heraus und holte die restlichen mit einem Löffel vom Boden der Schüssel. »So.«

Der Kleine starrte ihn an. »Mann!«

Eli wusste, dass er keinerlei Grund hatte, sich wie ein Superheld zu fühlen. »Das war nicht schwer.«

»Sie sind nicht böse geworden«, flüsterte der Junge ehrfürchtig.

Eli räusperte sich, um den Kloß in seiner Kehle loszuwerden, dann schaute er zu Honor hinüber und sah, dass sie Tränen in den Augen hatte. »Böse? Wegen so was wird man doch nicht böse«, sagte er freundlich zu dem Jungen und zuckte die Achseln, als wäre gar nichts vorgefallen. »Außerdem hab ich nichts dagegen, wenn es in meinem Rührei ein bisschen knirscht.«

Beth Ann kicherte und sogar Harry, den er bisher nur finster dreinblickend kannte, sah plötzlich beinahe freundlich aus. Nicht, dass er lächelte, aber immerhin.

»Was machen Sie da, Eli?«, sagte Honor leise und ihre gebrochene Stimme verriet sie.

Er schwieg kurz, dann sagte er: »Frühstück.«

Er war froh, dass das Wort ganz gleichmütig herauskam, als sei es das Natürlichste auf der Welt, dass er hier Frühstück machte.

»Ich will helfen«, sagte Samuel.

»Super.« Eli gab ihm die Packung Speck und eine Schere. »Schneide das auf und leg den Speck in die Pfanne.« Er reichte Samuel beides. Der machte sich sofort an die Arbeit.

Christopher legte die Brötchen zum Aufbacken in den Backofen.

Beth Ann deckte den runden Tisch am Fenster, der Platz für sechs Personen bot. Plötzlich hielt sie inne und sah Eli an. »Wir brauchen noch einen Stuhl. Wir ſind ſieben.«

»Kein Problem. Ich hole gleich einen von der Veranda.«

»Ich hole ihn«, sagte Honor. Sie sah ihn immer noch an, dann ging sie zur Tür.

Draußen im Wintergarten holte Honor tief Luft und presste eine Hand auf ihr Herz. Sie wurde den Anblick nicht los, wie Eli am Herd stand und kochte. Und wie lieb er zu ihren verängstigten Kindern war. Kinder, die nach der Liebe und Anerkennung eines Mannes dürsteten.

Sie musste ihm sagen, dass er weggehen sollte. Musste ihn warnen, so weit wie möglich von ihr und ihren Kindern wegzulaufen und sich dabei nicht umzudrehen. Doch das war unmöglich, schließlich waren sie in seinem Haus. Sie selbst musste mit ihren Kindern woanders hingehen, bevor sie auch ihn in Gefahr brachten. Sie könnte es nicht ertragen, wenn Eli ihretwegen etwas zustieß. *Sie* musste wegrennen, so weit und so schnell sie konnte.

Aber wie sollte sie das anstellen? Sie hatte kein Geld, keine Arbeit, nichts. Sie war von der Gnade Fremder abhängig – und das mochte sie überhaupt nicht.

In dem Moment hörte sie ihre Kinder in der Küche lachen und plötzlich war da noch ein anderes Gefühl in ihr. Sie war zutiefst dankbar für diesen Ort. Für diesen freundlichen Mann. Sehr, sehr dankbar. Vielleicht hatte Gott sie doch nicht ganz vergessen. Vielleicht.

Bist du da, Gott? Ich wünsche es mir so sehr, hallte es in ihrem Herzen.

»Ist alles in Ordnung da draußen?«, rief Eli.

»Ja, ich komme schon.« Sie griff nach dem alten Lehnstuhl, der ganz links auf der Veranda stand, und wollte zur Tür gehen, als eine Bewegung an der Hausecke sie innehalten ließ.

Ein Schauder überlief sie. Sie sah durchs Fenster, konnte aber nichts erkennen, deshalb lief sie ins Haus.

Eli nahm ihr den Stuhl ab. »Stimmt etwas nicht?«

»Alles in Ordnung.«

»Doch, Sie haben doch was«, sagte er leise. Mit einem Blick auf die Kinder, die sie nicht beachteten, fuhr er fort: »Was ist los?«

»Ich dachte, etwas zu sehen, da, wo die Bäume anfangen.«

»Etwas? Oder jemanden?«

»Ich weiß nicht. Es war nur ein Schatten.«

Er runzelte die Stirn und zog sein Handy aus der Tasche.

»Was machen Sie da?«, fragte sie.

»Ich rufe Nolan an. Er soll kommen und sich mal umsehen.«

»Wahrscheinlich ist es gar nichts.«

»Und wenn doch?«

Sie nickte. »Okay.« Sie brachte den Stuhl in die Küche und stellte ihn an den Tisch. »Gut, Kinder. Wer ist hungrig?«

»Ich würde sagen, wir alle«, antwortete Harry.

»Da hast du bestimmt recht.« Sie wuschelte ihm durchs Haar und ignorierte dabei, dass er die Augen rollte und versuchte, sich ihr zu entziehen.

Dann ging sie zum Fenster und öffnete die Läden. Ein rascher Blick zu den Bäumen offenbarte keinen Anlass zur Sorge, doch die Beunruhigung, die erneut in ihr aufgestiegen war, legte sich nicht. Irgendjemand war ihr von Texas hierher gefolgt. Und dieser Jemand beobachtete sie jetzt. Und wartete nur darauf, erneut zuzuschlagen.

Sie drehte sich zu dem Geplauder in der Küche um und sah lauter glückliche, fröhliche Kinder. Tränen stiegen in ihre Augen, doch sie blinzelte sie fort. »Ich bin halb verhungert. Lasst uns essen.«

Während sie das köstliche Essen verdrückten, das ihr Gastgeber zubereitet hatte, überlegte Honor sich einen Plan. Bei einem verstohlenen Blick auf Eli schmolz ihr Herz angesichts seines beinahe zärtlichen Gesichtsausdrucks. Er schien das gemeinsame Essen wirklich zu genießen. Als er ihren Blick auffing, lächelte sie – und hoffte, dass er spürte, wie dankbar sie ihm für seine Aufmerksamkeit war. Sie konnte kaum fassen, wie schnell sie sich an seine Gegenwart gewöhnt hatte. Und mit einem Mal wurde ihr etwas klar: Sie wollte Tanner Hollow nicht verlassen. Sie wollte, dass dieser Ort ihr Zuhause wurde, für immer.

»Ich brauche einen Job«, hörte sie sich sagen.

Unvermittelt wurde es ganz still in der Küche. Eli sah sie an. »Okay. Was für eine Art Job?«

»Das weiß ich auch nicht genau. Eigentlich kenne ich mich nur mit Kindern wirklich aus.«

»Du hast doch mal als Sekretärin oder so gearbeitet«, sagte Christopher. »Vor unserer Geburt. So hast du doch Papa kennengelernt.«

»Schon, aber das war vor vierzehn Jahren und ich kam frisch von der Highschool, als ich diesen Job angenommen habe.« Sie sah Eli an. »Ich hätte ein paar Stipendien fürs College bekommen können, aber es hat nicht ganz ausgereicht«, erklärte sie ihm. »Deshalb wollte ich erst einmal arbeiten und mir ein bisschen was zusammensparen, aber dann habe ich Lorenzo kennengelernt und er hat alle meine Pläne über den Haufen geworfen.« Sie biss sich auf die Lippen. Hoffentlich merkten ihr die Kinder ihre Verbitterung nicht an. »Seither hat sich im Bürowesen vieles geändert. Ich bin überhaupt nicht mehr qualifiziert für eine solche Arbeit.«

»Ich glaube, hier in der Gegend herrscht nicht gerade ein Überangebot an Jobs«, sagte Eli. »Ich werde eine Zeitung kaufen, dann können Sie sich die Stellenanzeigen mal ansehen. Aber wahrscheinlich werden Sie in Asheville oder Hendersonville eher Arbeit finden.«

»Wie weit ist das?«

»Hendersonville ist näher – zwanzig bis dreißig Minuten entfernt, je nach Verkehrsaufkommen.«

Sie verzog das Gesicht. »Wenn es nicht anders geht, mache ich das natürlich. Ich werde mir die Stellenanzeigen ansehen, während die Bande hier spielt.«

»Spielt?« Harry sah ganz entsetzt aus bei dieser Vorstellung. »Ich will aber lieber in die Schule gehen.«

»Ich auch«, sagte Gus und schob sich eine Gabel Rührei mit Schinken in den Mund.

»Ich gehe auf jeden Fall lieber in die Schule«, schloss Beth Ann. »Können wir jetzt gehen?«

Honor sah ihre Kinder an. »Ihr wollt wirklich alle in die Schule?«

Christopher zuckte die Achseln. »Warum nicht? Besser, als hier den ganzen Tag rumzusitzen und nichts zu tun.«

Sie biss sich auf die Lippen. »Ihr könnt doch bis morgen warten. Es war eine anstrengende Nacht.« *Eine anstrengende Woche.* »Morgen, wenn ihr eine Nacht richtig geschlafen habt, wird es leichter sein. Ihr seid dann wacher und könnt besser aufpassen. Ihr werdet neue Freunde finden und viel Spaß haben. Schließlich sind wir auch deshalb umgezogen, nicht wahr?«

»Wir *ſ*ind umgezogen, weil die*ſ*er ungehobelte Kerl ge*ſ*agt hat, da*ſ* du ihm viel Geld zahlen mu*ſ*t, *ſ*on*ſ*t tut er un*ſ* weh«, stellte Beth Ann klar.

Honor schnappte nach Luft. »Ungehobelt – was? Woher weißt du das?«

»Ich hab ihn gehört.«

Ganz offensichtlich. »Aber wann?«

»Alf er letzte Woche kam. Weift du daf denn nicht mehr?«

Honor kniff sich in die Nasenwurzel. »Doch, Liebes, ich erinnere mich, aber ...« Sie holte tief Luft, dabei fing sie Elis besorgten Blick auf. »Egal. Gut, wenn ihr alle in die Schule wollt, bringe ich euch in die Schule. Lasst das Geschirr einfach stehen und zieht euch an. Ich räume später auf. Beeilt euch.«

Sie sprangen auf und verließen die Küche. »Geht nacheinander ins Badezimmer. Ihr kennt ja die Reihenfolge. Die anderen legen ihre Kleider heraus«, rief sie ihren Kindern hinterher.

»Reihenfolge?«, fragte Eli.

»Vom Schnellsten zum Langsamsten.«

»Clever.«

»Kann ich durchaus sein.« Manchmal.

Er beugte sich vor. »Erzählen Sie mir von dem Kerl, der Sie und Ihre Kinder bedroht hat.«

»Ich weiß nicht viel über ihn. Er ist einfach jemand, dem mein Mann Geld geschuldet hat.«

»Hat er einen Namen?«

Sie zuckte die Achseln. »Carl Sanchez. Falls das sein richtiger Name ist. Ich hatte ihn, bevor er in unser Haus kam und sagte, dass Lorenzo ihm fünfzigtausend Dollar schulde, die ich bezahlen müsse, noch nie gesehen.«

»Hatte er Belege dafür?«

»Er dachte wohl, er brauche keine Belege. Ich hatte den Eindruck, dass er ein Typ ist, der einfach sagt, was er will, und es dann auch bekommt.«

»Und Ihr Mann hatte nie von ihm gesprochen?«

Sie seufzte. »Wir haben in den letzten Jahren unserer Ehe überhaupt nicht viel miteinander geredet. Falls das noch nicht deutlich genug wurde: Mein Mann war kein guter Mensch. Er war clever, gewieft – und immerhin einigermaßen berechenbar. Aber er war kein guter Mensch und war oft mit Leuten zusammen, die ich, wo es ging, gemieden habe.«

»Ich verstehe.« Er schwieg.

»Was wollen Sie noch wissen?«

Er sah sie an. »Wie konnten Sie mit so einem Mann fünf Kinder bekommen?«

Honor kämpfte darum, nicht gekränkt zu sein von dieser Frage. Sie konnte sehen, dass er es wirklich nicht verstand. Sie rieb geistesabwesend ihre Hände und starrte sie einen Moment an, dann blickte sie auf, direkt in seine Augen. »Weil er mich, wenn ich schwanger war, nicht geschlagen hat.«

Sieben

Honor verließ die Küche, um zu sehen, wie weit die Kinder waren. Eli blieb bewegungslos sitzen. Er wusste nicht, warum ihre Antwort ihn überrascht hatte, doch das hatte sie. Und er verstand sie jetzt viel besser. Innerlich kämpfte er gegen die unbändige Wut an, die in ihm rumorte.

Lady lief zur Tür, wedelte mit dem Schwanz und sah ihn erwartungsvoll an. Das brachte ihn zum Lachen und seufzend schüttelte er die trüben Gedanken ab. »Okay, ich lass dich in den Garten.« Er ließ seine Hündin hinaus und sie rannte zum Haupthaus hinüber.

Als er wieder ins Haus trat, bemerkte er, dass Honor ihn beobachtete. »Ein schöner Hund«, sagte sie.

»Danke.« Er lächelte sie an. »Sind die Kinder fertig?«

»Fast.«

»Ich fahre euch zur Schule. Danach können Sie, wenn Sie möchten, ein bisschen auf Arbeitssuche gehen.«

»Müssen Sie denn nicht arbeiten?«

»Ich arbeite meistens von zu Hause aus.«

»Und was machen Sie da?«

»Mir gehört die einzige Bank in der Stadt. Ich gehe zwei oder drei Mal die Woche hin, um mich zu überzeugen, dass alles läuft, und ein paar Schriftstücke zu unterschreiben. Den Rest der Zeit habe ich zur freien Verfügung.«

Sie sah ihn mit offenem Mund an. »Darauf, dass Sie Banker sind, wäre ich nun wirklich zuallerletzt gekommen.«

Er grinste. »Nach was sehe ich denn aus?«

»Nach einem Bergbewohner. Nach jemandem, der sich einen Grizzly als Haustier hält und auf die Jagd geht, wenn er hungrig ist.«

Eli brach in herzhaftes Lachen aus. Als er endlich zu lachen aufhörte, war er völlig atemlos. »Danke«, keuchte er, »das hab ich gebraucht.«

Allmählich trudelten die Kinder ein. Beth Ann sah ihn mit leuchtenden Augen an, sie konnte es offensichtlich kaum erwarten, dass sie losfuhren. Von den vier Jungen konnte man das weniger sagen, auch wenn sie sich ebenfalls einig waren, dass die Schule weniger langweilig werden würde als ein Tag im Haus.

»Ihr habt nur noch etwa anderthalb Wochen, dann sind Herbstferien. Also wollt ihr wirklich zur Schule? Ihr dürft gern zu Hause bleiben und den ganzen Tag fernsehen oder so was.«

Beth Ann verschränkte die Arme und schob die Unterlippe vor.

»Ich bleibe«, sagte Harry.

»Ich auch«, stimmte Samuel ihm zu.

Gus zuckte die Achseln. »Mir ist es egal.«

»Wir gehen zur Schule«, sagte Christopher. »Wie Mama gesagt hat, es sind nur anderthalb Wochen.«

»Wer gibt dir das recht, einfach so über uns zu bestimmen?«, fragte Harry.

»Jungs, bitte«, sagte Honor.

Christopher starrte seinen jüngeren Bruder schweigend und mit zusammengepressten Lippen an, bis dieser nachgab und stöhnte: »Na gut.«

Honor stieß einen Seufzer aus und runzelte die Stirn.

»Was ist los?«, fragte Eli.

»Die Unterlagen für die Kinder. Ich werde sie brauchen, aber sie waren in einem Karton in unserem Haus.«

»Sind sie verbrannt?«, fragte Harry hoffnungsvoll.

Honor schüttelte den Kopf. »Nicht, wenn sie in meinem Zimmer waren.«

»Aber vielleicht haben sie einen Wasserschaden«, meinte Harry. Die Aussicht schien ihm sehr zu behagen.

»Egal«, sagte Honor. »Ich hole sie, dann fahren wir.«

»Aber wir kommen zu spät«, wandte Beth Ann nach einem Blick auf die Uhr über dem Kaminsims ein. »Ich darf nicht zu spät kommen! Nicht am erſten Tag!«

Die Schule hatte bereits begonnen, deshalb würden sie sowieso zu spät kommen. Und ohne Unterlagen brauchten sie sich dort sicherlich auch gar nicht blicken lassen.

»Man wird sie heute so hineinlassen«, versicherte Eli, »wenn Sie versprechen, nach der Schule die Unterlagen vorbeizubringen.«

»Wirklich? Ihre alte Schule hätte das niemals erlaubt.«

»Hier bei uns ist das Ganze etwas entspannter als bei Ihnen in der Stadt. Wir sind eine Kleinstadt mit viel weniger Schülern. Es sind bestimmt nicht mehr als zehn oder zwölf in jeder Klasse.«

»Beeindruckend.«

»Also, machen Sie sich keine Sorgen. Es ist in Ordnung, die Papiere mitzubringen, wenn sie die Kinder abholen.«

»Okay«, sagte Honor. »Zufrieden, Bethie?«

»Ja.« Beth Ann sah Eli bewundernd an. »Du biſt ein ſehr guter Mensch.«

Honor biss sich auf die Lippen, um nicht laut loszulachen. Dabei war sie selbst überrascht, dass es momentan tatsächlich etwas gab, das sie zum Lachen bringen konnte. »Also, Leute, gehen wir. Eli, können Sie uns zu meinem Auto fahren?«

»Fahren wir die Kinder doch erst mal zur Schule, damit Beth Ann nicht zu spät kommt. Ihr Auto können wir auch später noch holen.«

Zu ihrer eigenen Überraschung stimmte Honor ihm zu.

* * *

Sie stiegen in Elis Truck. Mit den vier Kindern auf dem Rücksitz und Beth Ann eingezwängt zwischen Honor und Eli war es ziemlich eng, aber es musste gehen. Nach fünf Minuten parkten sie bereits auf dem Parkplatz der Grundschule, die die vier Jüngsten besuchen würden. Christopher sollte in die Junior-Highschool auf der anderen Straßenseite gehen. Honor stieg kopfschüttelnd aus. Ihr Ältester ging in die siebte Klasse. Sie konnte es kaum fassen, aber so war es und sie war fest entschlossen, am Leben zu bleiben und ihn – und auch die vier anderen – durch die gesamte Schulzeit zu begleiten.

Es dauerte erstaunlicherweise nicht lange, alle Kinder in ihre Klassenzimmer zu bringen. Beth Ann entdeckte das Bücherregal in der Vorschulklasse und hatte keinen Blick mehr für sie. Honor steckte das Blatt mit den Informationen für den Zugang zu den Internetseiten der Schule in ihre Handtasche. Sie würde für jedes ihrer Kinder einen Haufen Formulare online ausfüllen müssen.

Als sie allein ohne ihre Kinder zurückblieb, atmete sie hörbar aus. Das wäre geschafft. Sie lief zurück zum Truck, wo Eli wartete, kletterte auf den Beifahrersitz und setzte sich sehr aufrecht hin. »Gut. Jetzt können Sie mich zu meinem Auto bringen und von da an komme ich dann allein zurecht.«

»Ich wollte sowieso in die Stadt, Hundefutter kaufen. Wollen Sie nicht mitfahren und sich gleich eine Zeitung besorgen? Ich bringe Sie aber auch zu Ihrem Auto. Ganz wie Sie wollen.«

Honor biss sich auf die Unterlippe. Die Vorstellung allein zu sein, erschien ihr aktuell nicht so verlockend wie sonst. »Äh ... ja, ich glaube, ich fahre mit Ihnen mit«, hörte sie sich sagen. »Aber ich möchte Ihnen nicht zur Last fallen«, schob sie schnell hinterher.

Eli lächelte, während er zur Stadt hin abbog. »Sie sind keine Last für mich.«

»Okay. Dann vielen Dank, dass Sie mich mitnehmen.« Honor schwieg verlegen.

Im Laden kaufte sie sich eine Zeitung. Eli ging zum Hundefutter.

»Eli? Hallohooo«, flötete eine Stimme fröhlich durch den Laden.

Honor drehte sich um und erkannte die Frau, die am Abend zu ihrem Haus gekommen war.

»Hallo, Mrs Styles«, sagte Eli.

»Ich hab das von dem Haus der armen Frau gehört. Ich bin ja so froh, dass ihr nichts passiert ist. Oder den Kindern.«

»Ja, ich auch. Es geht ihnen gut.«

»Ich habe schon mit den Kirchenältesten gesprochen. Wir fangen gleich mit der Arbeit an. Von Paulie bekommen wir das Holz für die Reparaturen am Haus. Gretchens Mann kümmert sich um die elektrischen Leitungen und die Wasserleitungen. Mike Carter macht den Anstrich. Und Jimmy spendet die Haushaltsgeräte. Habe ich was vergessen?«

Honor trat zu ihnen. Sie war völlig perplex. »Wollen Sie das alles für mein Haus tun?«

»Natürlich, Schätzchen. Sie gehören jetzt zu uns und wir kümmern uns umeinander.«

»Aber die Versicherung wird für den Schaden aufkommen.«

Das tat Mrs Styles mit einer wegwerfenden Handbewegung ab. »Die brauchen doch ewig. Sagen Sie uns einfach, wenn die Schadensregler da waren, dann legen wir los.«

»Und diese Leute gehören alle zur Kirchengemeinde?«

»Ja, so ist es.«

»Ich ... ich weiß gar nicht, was ich sagen soll.«

»Sie brauchen gar nichts zu sagen.« Mrs Styles strahlte sie an. »Willkommen in Tanner Hollow.« Mit diesen Worten wuselte sie aus dem Laden.

Honor wandte sich an Eli. »Was um alles in der Welt war denn das?«

Er zuckte die Achseln. »Willkommen in Tanner Hollow.« Ohne weitere Worte zu verlieren, deutete er mit dem Kinn auf die Zeitung in ihren Händen. »Wollen Sie die Kleinanzeigen durchsehen? Kommen Sie, ich zeig Ihnen das Café nebenan. Ich könnte einen Kaffee vertragen.«

* * *

Mrs Styles hatte Honor völlig aus dem Konzept gebracht. Eli lächelte über ihren erstaunten Gesichtsausdruck, der gar nicht weichen wollte. Er saß ihr gegenüber an einem Tisch im Café an der Hauptstraße und trank schon seine zweite Tasse Kaffee. Sie war noch bei der ersten Tasse, da sie von einem Anruf ihrer Versicherung unterbrochen worden war.

Endlich legte sie ihr Handy auf den Tisch. »Die Versicherung will erst einmal abwarten, ob es Brandstiftung war«, sagte sie leise.

»Das kann dauern.«

»Wenn es Brandstiftung war, zahlen sie nicht. Jedenfalls nicht ohne einen langwierigen Rechtsstreit.« Sie schluckte und wandte den Blick ab.

»Dann ist es ja gut, dass Mrs Styles alles schon so schön in die Wege geleitet hat, meinen Sie nicht?«

Ihr Stirnrunzeln vertiefte sich. »Aber ich muss sie doch irgendwie bezahlen.«

Er schüttelte heftig den Kopf. »Sie werden keine Bezahlung verlangen. Witwen und Kinder werden in dieser Stadt versorgt. Wenn Sie einen Mann hätten, würden Sie Ihnen trotzdem helfen, aber vielleicht nicht ganz so großzügig.«

»Aber ...«

»Sie haben noch nie in einer Kleinstadt gelebt, oder?«

»Nein.« Sie blinzelte. »Aber das hier ist auch nicht einfach nur eine Kleinstadt. Es ist wie eine Szene in einem Film über das neunzehnte Jahrhundert, in dem die ganze Gemeinschaft mithilft, eine abgebrannte Scheune wiederaufzubauen.«

Er lachte. »Tanner Hollow ist etwas ganz Besonderes. Da haben Sie recht.«

»Und die Schuldirektorin hat gesagt, ich könnte die Unterlagen morgen früh mitbringen. Sie sei heute Mittag nicht da, weil sie mit ihrem Sohn zum Arzt muss. Sie meinte auch, die Kinder könnten mit dem Bus nach Hause fahren. Ich finde diese ganze kleinstädtische Gelassenheit und Gastfreundlichkeit ziemlich unglaublich.«

»Es gibt ein paar wirklich gute Menschen in dieser Stadt.«

»Das sehe ich.« Sie räusperte sich. »Es sieht allerdings so aus, als müsste ich an der Zapfsäule stehen, um meinen Lebensunterhalt zu verdienen.«

Er runzelte die Stirn. »Wie bitte?«

Sie schob ihm die Zeitung hin. »Ich kann wählen zwischen Tankwart oder Sekretärin bei der Kirchengemeinde.«

»Ehrlich gesagt glaube ich nicht, dass heute noch jemand an der Zapfsäule steht – jedenfalls nicht hier im Süden. Sie wären an der Kasse oder würden Waren im Laden auffüllen. Aber was haben Sie gegen die Arbeit einer Kirchensekretärin?«

»Ich habe im Moment kein so gutes Verhältnis zu Gott und weiß ehrlich gesagt nicht, ob ich wirklich für ihn arbeiten möchte.«

»Weshalb sind Sie ihm denn böse?«

Sie runzelte die Stirn. »Das fragen Sie noch?«

»Na ja, mir scheint, er hat ganz gut für Sie gesorgt.«

»Ach wirklich?« Als sie weitersprach, lag ein bitterer Unterton in ihrer Stimme. »Mein Mann war eine miese Ratte. Er starb mit hohen Schulden bei Leuten, die jetzt drohen, meinen Kindern Entsetzliches anzutun. Meine Schwiegereltern wollen das Sorgerecht für meine Kinder und werden höchstwahrscheinlich einen Prozess dafür anstrengen. Und irgendjemand – der wahrscheinlich nur schlecht gezielt hat – hat auf meinen Reifen geschossen, hat versucht, mein Haus niederzubrennen ...« Sie hielt inne und trank hastig einen Schluck Kaffee, als wollte sie die aufsteigende Panik herunterschlucken. »Soll ich fortfahren?«, krächzte sie.

Er betrachtete sie einen Moment lang und suchte nach Worten, mit denen er sie erreichen konnte. »Ich gebe zu, dass das ein bisschen viel für einen einzigen Menschen ist.«

Sie lehnte sich zurück. »Warum höre ich da ein Aber heraus?«

»Was wäre, wenn Sie es mal so sehen: Sie müssen nicht für den Rest Ihres Lebens mit einer Ratte leben. Sie haben Ihre Kinder vor dem Mann, der sie bedroht hat, in Sicherheit gebracht. Ihre Schwiegereltern haben das Sorgerecht nicht und da Sie ihre Pläne kennen, haben Sie Zeit zu überlegen, wie Sie diese Pläne durchkreuzen können. Und irgendjemand hat schlecht gezielt und deshalb nur auf Ihren Reifen geschossen.«

Bei seinem letzten Satz runzelte sie die Stirn. Behutsam legte er seine Hand auf ihre. »Er hat nicht Sie oder eines Ihrer Kinder getroffen.«

Sie schauderte. »Dafür muss ich wohl dankbar sein.«

»Und Ihr Haus ist zwar beschädigt, aber es kümmert sich bereits jemand darum, dass es in Windeseile repariert wird – und danach wird es in besserem Zustand sein als je zuvor.« Er seufzte. »Wir leben in einer gefallenen Welt, da gebe ich Ihnen recht, Honor. In einer Welt, in der Böses geschieht. Aber trotzdem habe ich den Eindruck, dass Gott bis jetzt ganz gut auf Sie aufgepasst hat.«

Honor schluckte und wandte den Blick ab. Eli sah ein paar Tränen in ihren Augen glitzern. »Das ist ein ganz neuer Blickwinkel für mich. Ich weiß nicht recht, ob es mir gefällt, dermaßen zu einer so nüchternen Betrachtungsweise gezwungen zu werden.«

Eli lächelte sie an. »Es hängt einfach davon ab, welche Perspektive man einnimmt.«

Sie schaute betreten auf ihre Hände, die sie um die Tasse gelegt hatte. »Danke, Eli«, sagte sie dann leise. »Ich glaube, das musste mir mal jemand sagen.«

»Also – bewerben Sie sich bei der Kirchengemeinde?«

Sie lachte kurz auf. »Das habe ich nicht gesagt.«

»Na gut. Sie könnten ja auch mal nachfragen, ob sie hier im Café oder bei *Dot's Diner* Hilfe brauchen.«

»Ich brauche nur ein Einkommen für die nächsten beiden Monate, dann wird alles gut«, murmelte sie und sah dabei geistesabwesend aus dem Fenster, als sähe sie etwas, das nur in ihrem Kopf existierte.

»Was ist denn in ein paar Monaten?«

Sie blinzelte. »Bitte?«

»Sie sagten, in ein paar Monaten sei alles gut.«

»Oh. Dann wird Wilmas Haus wieder in Ordnung sein und ich erbe den Rest ihres – äh – Vermögens, nehme ich mal an«, stotterte sie. Sie trank hastig ihren Kaffee aus und erhob sich. »Begleiten Sie mich zur Tankstelle? Ich werde mal fragen, ob sie eine Kassiererin brauchen.«

Acht

Der Besitzer der Tankstelle brauchte keine Hilfe mehr. »Tut mir leid, ich habe gestern jemanden eingestellt. Vielen Dank, dass Sie vorbeigekommen sind, und danke, dass Sie mich daran erinnert haben, dass ich die Anzeige aus der Zeitung nehmen muss.«

Honor zwang sich zu einem Lächeln. »Gern.« Sie drehte sich um und ging nach draußen, wo Eli auf sie wartete. »Wenn Sie mich vorhin zu meinem Auto gebracht hätten, könnten Sie jetzt Ihren eigenen Aufgaben nachgehen.«

»Wollen Sie mich los sein?«

»Aber nein, so habe ich es nicht gemeint.«

Er lächelte. »Ich weiß. Und wie denken Sie jetzt über den Job als Gemeindesekretärin?«

Sie seufzte. »Ich werde ihn wohl in Erwägung ziehen müssen. Ich möchte wirklich nicht über eine halbe Stunde Fahrzeit von den Kindern entfernt arbeiten müssen.« Jedenfalls, solange sie nicht wusste, wann die nächste Hiobsbotschaft über sie hereinbrach.

»Sie würden den Job also annehmen?«

»Vielleicht. Hängt davon ab, was sie erwarten.«

»Hauptsächlich Telefondienst. Und das Schreiben des wöchentlichen Mitteilungsblatts und der Fürbittenliste. Solche Sachen.«

Honor überlegte, ob sie sich dabei zu Tode langweilen oder es erfüllend finden würde. Sie hatte wirklich keine Ahnung. Sie hatte Lorenzo drei Monate nach ihrem Abgang von der Highschool kennengelernt und ihn sechs Monate später, an ihrem neunzehnten Geburtstag, geheiratet. Zehn Monate später war Christopher gekommen. In den letzten dreizehn Jahren war sie Ehefrau und Mutter gewesen. Lorenzo hatte ihr sämtliche Aktivitäten außerhalb dieser beiden Rollen untersagt. So konnte sie gar nicht wissen, ob ihr die Arbeit zusagen würde.

»Honor?«

»Entschuldigen Sie bitte, ich war in Gedanken. Aber – ja, klar. Das würde ich wohl hinkriegen.« Sie brauchte das Geld. Und Gott würde es hoffentlich nichts ausmachen. »Mit wem müsste ich denn reden?«

»Normalerweise wäre es Pastor Hudson Marshall, mein Bruder. Aber da er sich gerade eine Auszeit genommen hat, fällt diese Aufgabe mir zu.«

Sie war überrascht. »Ihnen?«

»Jawoll.«

»Warum Ihnen?«

»Weil ich momentan hier der Pfarrer bin.«

Honor stemmte entrüstet die Hände in die Hüften. »Das hätten Sie mir auch früher sagen können.«

»Warum sollte ich mir den Spaß verderben?« Er zuckte die Achseln. »Und außerdem wollte ich Ihnen den Job nicht aufschwatzen, wenn Sie ihn nicht wollen.«

Honor stöhnte. »Wie rücksichtsvoll.«

Er lachte. »Kommen Sie. Ich zeige Ihnen mal, wie das Büro aussieht.«

Die Fahrt zu der alten Kirche dauerte nicht lange. Honor fiel auf, dass der Bau dringend ein paar Reparaturen nötig hatte. »Mein Onkel war hier Pfarrer. Er ist früh in Pension gegangen«, sagte Eli. »Als er meinem Bruder die Stellung anbot, hat der sie angenommen. Er hat damals nicht gewusst, wie es um die Kirche steht. Wir versuchen natürlich, das Geld für eine komplette Renovierung aufzutreiben, aber wir sind nur einfache Leute hier. Alle geben, was sie können, und das reicht gerade so, um weiterzumachen.«

»Was ist mit einem Darlehen?«

»Darüber wurde gesprochen, aber bis jetzt hat sich keiner gefunden, der bereit wäre, seinen Namen darunterzusetzen.«

»Und was ist mit Ihnen?«

»Ich habe darüber nachgedacht, aber der größte Teil meines Geldes ist in meinem Landbesitz festgelegt. Als Bankeigentümer und Manager verdiene ich ganz gut und habe angeboten, aufzurunden, was immer an

Spenden hereinkommt. Das Projekt ist gerade erst angelaufen, mal sehen, was daraus wird.« Sein Handy klingelte. »Moment mal, es ist Nolan.«

»Natürlich.«

Sie ging den Seitengang hinunter. Die alten Holzdielen knarrten unter ihren Schritten. Fotos früherer Gemeindepicknicks und Kirchenfeste zierten die Wände. Sie betrachtete sie und wunderte sich über die Gesichter der Teilnehmenden, die vor Freude förmlich strahlten. Diese Freude hatte ganz offensichtlich nicht nur mit der Kirche zu tun, sondern mit ihrer Beziehung zueinander. Sie bemerkte, wie gerne sie an dieser Freude teilhätte, an dieser Gemeinschaft, an der Nähe, an dem Gefühl der Zusammengehörigkeit.

»Honor?«

Sie drehte sich um und fühlte sich beinahe ertappt. »Ja?«

»Nolan sagt, er war bei Ihrem Haus, zusammen mit dem Schadenssachverständigen. Sie haben keine Belege für Brandstiftung gefunden.«

Für einen kurzen Moment glaubte sie, keine Luft mehr zu bekommen. Honor war überrascht, aber erleichtert. »Das ist gut.«

»Die Untersuchungen dauern noch an. Es können sich noch neue Sachverhalte ergeben, aber ...«

»Danke«, flüsterte sie. Sie räusperte sich, dann deutete sie mit dem rechten Arm um sich herum. »Das ist ein wunderschönes Stück Stadtgeschichte. Es wäre eine Schande, wenn die Kirche geschlossen werden müsste.«

»Da bin ich völlig Ihrer Ansicht.«

Er führte sie in das kleine Büro, das für das Sekretariat vorgesehen war, und Honor hörte genau zu, was Eli ihr erklärte. Dabei kam sie zu dem Schluss, dass sogar Beth Ann diese Arbeit tun könnte. »Ich glaube allerdings nicht, dass Sie hier genügend Arbeit haben, um mich acht Stunden täglich, fünf Tage die Woche zu beschäftigen.«

»Wahrscheinlich nicht.« Er rieb sich das Kinn. »Wir könnten doch mal mit zwanzig Stunden anfangen und sehen, wie es sich entwickelt.«

»Wie hoch ist der Stundenlohn?«

Er sagte es und sie stellte rasch ein paar Rechnungen an. »Wenn ich keine weiteren Ausgaben habe als für Essen und das, was die Kinder brauchen – plus die kleine Summe Bargeld, die ich noch besitze – schaffe ich es wahrscheinlich über einen kurzen Zeitraum. Aber wenn ich wieder in das größere Haus einziehe, brauche ich noch einen Nebenjob. Allein die Stromrechnung wird einen Wochenlohn verschlingen. Und dann noch Wasser und ...« Sie unterbrach sich, als er eine Hand hob.

»Ich werde in der Gemeinde bekannt geben, dass Sie einen Nebenjob brauchen, für nachmittags. Sie bekommen bestimmt einige Angebote.«

»Das wäre wunderbar. Vielen Dank.« Er sah sie an,

lange genug, dass sie spürte, wie sie rot wurde. »Was ist los?«, fragte sie.

»Ich muss zugeben, dass ich Sie mag, Honor.«

»Äh – ich mag Sie auch, Eli, aber ich suche im Moment höchstens eine Freundschaft. Tut mir leid, wenn ich zu offen bin. Ich habe keine Übung mehr in diesen Dingen.«

Er lächelte. »Keine Sorge, ich suche ebenfalls nicht nach mehr.« Er schwieg kurz, dann fuhr er fort. »Aber wenn es so wäre, würde ich nach jemandem wie Ihnen suchen.«

* * *

Eine Woche später dachte Eli an diese Worte – und an Honors Reaktion auf sie.

»Oh.« Sie hatte sich auf die Lippen gebissen. »Ich weiß nicht, was ich dazu sagen soll.«

»Ich auch nicht. Ich sollte wohl meine Zunge besser im Zaum halten.« Er hatte sein Handy herausgeholt. »Ich bringe Sie jetzt nach Hause, damit Sie die Einschulungspapiere für die Kinder und Ihr Auto holen können. In einer Stunde habe ich eine Sitzung in der Bank.«

»In Ordnung. Vielen Dank.«

Und das war's. Zu seiner Entschuldigung konnte er nur anführen, dass ihm erst klar geworden war, was er gesagt hatte, nachdem es schon ausgesprochen war und die Worte zwischen ihnen hingen.

Natürlich hatte auf der Heimfahrt ein verlegenes Schweigen zwischen ihnen geherrscht, aber als er sie das nächste Mal gesehen hatte, war alles wieder ganz normal gewesen. Inzwischen hatte ihre Freundschaft gute Fortschritte gemacht, jedenfalls von außen betrachtet.

Eli hatte sich ins Gedächtnis gerufen, dass er das alles genau so haben wollte. Wenig hilfreich war allerdings, dass er, je mehr Zeit er mit Honor und den Kindern verbrachte, immer noch mehr mit ihnen zusammen sein und immer noch tiefgehendere Gespräche mit Honor führen wollte. Doch das musste er sich aus dem Kopf schlagen. Sie hatte genug mit ihrem eigenen Leben zu tun und mit dem Mann, der ihr Böses wollte. Er musste sich darauf konzentrieren, ein Auge auf sie und die Kinder zu haben, und durfte sich nicht romantischen Träumereien hingeben. Das war leichter gesagt als getan. Aber immerhin war sie ganz in der Nähe und es war nicht schwer, auf sie aufzupassen.

Seit sie in seinem Gästehaus wohnten, sah er die Familie praktisch jeden Tag. Er kannte ihren Tagesablauf inzwischen gut: wecken, frühstücken, die Kinder zur Schule bringen. Dann fuhr Honor zur Kirche, wo sie täglich vier Stunden arbeitete. Danach fuhr sie entweder nach Hause und wartete auf die Rückkehr der Kinder oder sie machte ein paar Besorgungen und holte die Kinder dann gleich von der Schule ab.

Es hatte sich eine gewisse Routine eingestellt. Doch es war leicht zu merken, dass Honor nach wie vor bis zum Äußersten angespannt war, obwohl es, seit sie im Gästehaus wohnten, keine weiteren Zwischenfälle gegeben hatte. Auch Elis Unbehagen verschwand nicht. Er wurde den Verdacht nicht los, dass derjenige, der Honor stalkte, sie einfach nur quälte, indem er sich zurückhielt und dann zuschlagen würde, wenn sie es am wenigsten erwartete.

Irgendjemand beobachtete sie nämlich immer noch. Eli wusste es und Honor wusste es auch. Letzte Nacht hatte er geglaubt, jemanden um die Hütte herumstreichen zu hören, und Lady hinausgelassen. Sie hatte gebellt und der Eindringling war geflohen. Doch seither war er nervös – und noch entschlossener, die Familie zu beschützen, die gerade bei ihm zu Gast war.

Jetzt, am Montagmorgen der Erntedankwoche, beobachtete er Honor von seinem Büroschreibtisch aus. Ihr Kopf war über das Notebook gebeugt. Er fand es hinreißend, wie sie sich auf die Zungenspitze biss, wenn sie sich konzentrierte. Er betrachtete sie ein Weilchen, bis sie aufsah und seinen Blick auffing.

»Brauchen Sie etwas?«, fragte sie.

»Nein, ich habe nur nachgedacht.«

»Worüber?«

»Über Sie. Und Ihre Kinder. Und alles, was passiert ist. Ist Ihnen letzte Nacht vor dem Gästehaus etwas aufgefallen?«

Sie schwieg, dann sagte sie: »Nein. Ich habe Lady bellen hören und aus dem Fenster gesehen. Als ich nichts entdecken konnte, dachte ich, wenn es einen Grund zur Beunruhigung gäbe, hätten Sie es mir gesagt. Warum?«

Er schüttelte verwirrt den Kopf. »Es sind keine Fremden hier, bis auf ein paar Verwandte ortsansässiger Familien, die sich für Thanksgiving im einzigen Hotel der Stadt einquartiert haben. Ich habe mit Marge gesprochen, der Besitzerin der Tankstelle, die Sie nach Arbeit gefragt haben, und ihr ist auch niemand aufgefallen, den sie nicht kennt.«

»Was ist mit diesen Verwandten, die zu Besuch sind?«

»Nichts. So ist das in einer Kleinstadt. Man kennt sich, auch die, die regelmäßig von außerhalb kommen.« Er schüttelte erneut den Kopf. »Also hält sich der Betreffende in einer Nachbarstadt auf oder er kampiert im Wald. Oder so etwas.«

»Oder er ist hier so bekannt, dass er nicht als Fremder gilt«, sagte sie leise.

»Möglich. Aber das glaube ich eigentlich nicht. Sie haben keine Seele hier gekannt, bevor sie kamen. Und erinnern Sie sich, welche Aufmerksamkeit Sie erregt haben, als sie in die Stadt hineinfuhren.«

»Stimmt. Aber ich hatte auch einen Platten.« Sie seufzte und rieb sich die Augen. »Ich glaube, die Ruhe wird nicht mehr lange dauern«, sagte sie dann. »Mit jeder Stunde, die vergeht, steigt meine Anspannung.«

»Warum?«

»Ich ... ich habe einfach das Gefühl, die Zeit wird knapp. Sie werden bestimmt bald etwas unternehmen müssen.«

»Sie? Ich dachte, es geht um einen Einzelnen. Wer sind ›sie‹?«

Sie schüttelte seufzend den Kopf. »Egal. Ich muss diese Bekanntmachung noch fertig bekommen, damit ich zu Hause bin, wenn die Kinder aus der Schule kommen.«

Die Tür ging auf. Eli erhob sich. »Jimmy, schön, dich zu sehen. Was führt dich zu uns?«

»Ich habe gehört, dass eine neue Familie in der Stadt ist und ein paar neue Geräte braucht.«

»Stimmt. Jimmy, das ist Honor McBride. Honor, Jimmy Donlan.«

»Freut mich, Sie kennenzulernen, Mrs McBride.«

Honor lächelte. »Ich freue mich auch.«

»Also: Was mögen Sie lieber: Edelstahl, weiß oder schwarz?«

»Oh ... äh ... das Billigste, würde ich sagen.«

»Nein, Ma'am. Ich muss wissen, was Ihnen am besten gefällt.«

»Na ja, dann Edelstahl, aber wenn es funktioniert, kommt es mir wirklich nicht so darauf an.«

»Schon notiert.« Er winkte Eli zu. »Wir sehen uns Sonntag.«

»Alles klar!«

Als Jimmy gegangen war, kam Eli zu ihr und baute sich vor ihrem Schreibtisch auf. Als sie aufblickte, hatte sie Tränen in den Augen.

»Was verschweigen Sie mir, Honor?«, fragte er leise. »Was sind das für Geheimnisse, die auf keinen Fall ans Licht kommen dürfen?«

Sie wandte den Blick ab und wischte sich mit einer zitternden Hand über die Augen. »Ich bestreite ja gar nicht, dass ich Geheimnisse habe.«

»Ich hoffe sehr, dass Sie sie mir eines Tages verraten können.«

»Vielleicht.« Sie schniefte. »Ich kann einfach nicht fassen, wie freundlich hier alle zu mir sind. Mike Carter hat mich vor zwei Tagen im Supermarkt angesprochen. Ich soll vorbeikommen und mir die Wandfarben aussuchen.«

»Er und seine Frau machen die Jugendarbeit in der Gemeinde. Ihre Kinder werden sie vielleicht kennenlernen wollen.«

Ihr Telefon klingelte. Honor sah Eli fragend an. Er bedeutete ihr abzunehmen und ging zurück zu seinem Schreibtisch, um sich vorerst seinen E-Mails zu widmen.

»Hallo, Mr Jamison«, hörte er Honor im Nebenzimmer sagen.

Jamison? Quinn Jamison? Der eine der beiden Anwälte von Tanner Hollow? Eli war mit ihm zur Schule gegangen und hatte große Hochachtung vor ihm. Aber warum rief er Honor an?

»Ja, ich habe mich auch über unser Treffen gestern gefreut.«

Eli zog die Brauen hoch. Sie hatte sich mit einem Anwalt getroffen? Warum? Wie hatte ihm das entgehen können? Natürlich konnte er Honor nicht ständig im Auge haben, aber trotzdem ...

»Ja«, sagte sie gerade, »das klingt großartig. Ich komme gleich nachher vorbei und unterzeichne die Papiere.« Sie legte auf und widmete sich wieder ihrem Computer.

Eli räusperte sich. »Äh ... ich habe das unfreiwillig mit angehört. Ist alles in Ordnung?«

Sie lächelte. »Ja. Es geht lediglich um ein paar rechtliche Einzelheiten, die keinen Aufschub dulden.«

»Ich verstehe.«

»Wie stehen Sie eigentlich zum Vatersein?«

»Ich ... äh ... was?« Wie kam sie plötzlich darauf?

»Vater. Wie stehen Sie dazu, Vater zu werden?«

»Oh ... ich weiß nicht. Warum?«

»Sie haben doch bestimmt schon darüber nachgedacht.«

Was bezweckte sie mit diesen Fragen? Und warum brachte sie ihn damit so aus der Fassung? »Nun – ja, schon. Aber …« Er zuckte die Achseln. »Na gut. Ich glaube nicht, dass ich ein besonders guter Vater wäre, deshalb rechne ich nicht damit, dass ich so bald einer werde.«

»Was?« Sie sah ihn mit offenem Mund an.

»Sie haben mich gefragt.«

»Ja, aber …«

»Ich hatte kein sehr gutes Vorbild und bin absolut nicht sicher, ob ich Kinder haben sollte.«

»Ich glaube, Sie unterschätzen sich. Mit meinen Kindern gehen Sie ganz wundervoll um, besser als jeder andere Mann, den sie bis jetzt kennen.« Sie schwieg kurz, dann fuhr sie fort: »Sie sind mit Harry angeln gegangen.«

»Ich wusste nicht, ob es ihm gefällt oder ob er sich halb tot langweilt.«

»Das soll wohl ein Scherz sein! Ich habe ihn gefragt, wie es war, und er hat gelächelt. Ein echtes, richtiges Lächeln.«

Plötzlich hatte er einen Kloß im Hals. Er räusperte sich. »Äh … na ja, wir haben nicht sonderlich viel geredet, aber er ist ein guter Junge. Er macht sich über sehr vieles Gedanken, sehr eingehende Gedanken, so viel habe ich mitbekommen.«

»Genau. Und Sie haben mit Beth Ann Tee getrunken. Sie war sehr angetan, dass Sie nichts verschüttet haben.«

»Wir haben so getan, als ob wir Tee trinken.«

»Und Sie haben ihn ganz ausgetrunken und um eine zweite Tasse gebeten. Damit haben Sie sich ihre ewige Liebe errungen.«

Bei dem Gedanken an das niedliche kleine Mädchen ging ihm das Herz auf.

»Und Christopher ist sehr glücklich darüber, dass er jemanden gefunden hat, der mit ihm Football spielt«, fuhr Honor fort. »Und Gus und Samuel sind tief beeindruckt, dass Sie sie auseinanderhalten können. Ihr eigener Vater hat sie ständig verwechselt, was sie maßlos geärgert hat. Wie kommen Sie also auf die Idee, Sie wären kein guter Vater?«

Er starrte auf seine Hände, die verschränkt auf seinem Schreibtisch lagen. Schließlich blickte er auf. »Weil jemand, den ich geliebt habe, es mir gesagt hat.«

Sie erstarrte, dann fing sie seinen Blick auf. »Die Frau, die Sie verlassen hat?«

»Ja. Wissen Sie, ihr war nicht nur ihre Karriere wichtig, sie wollte mich außerdem los sein. Sie hat mir ganz offen gesagt, dass sie nicht mit einem Kleinstadtbanker in einer Kleinstadt leben wollte. Sie verlangte mehr vom Leben – und sie wollte ein besseres Vorbild für ihren Sohn.«

»Ich … ich verstehe.«

»Sie sagte, da ich selbst kein gutes Vorbild eines Vaters und Ehemannes gehabt hätte, wäre ich wohl kaum in der Lage, selbst ein guter Vater zu werden.«

Honor sprang auf. »Was? Aber das ist doch lächerlich! Ich würde wirklich zu gern ein paar Takte mit ihr reden und ihr den Kopf zurechtsetzen!«

Eli blinzelte. Dass sie so leidenschaftlich für ihn in die Bresche sprang, war Balsam für sein verwundetes Herz. »Ist schon gut, Honor.«

Sie schlug mit der Hand auf den Tisch. »Sie hatte ganz eindeutig nicht die geringste Ahnung von Ihnen und kannte Sie nicht einmal annähernd.«

»Sie können ja ganz schön leidenschaftlich werden«, schmunzelte er.

Sie verzog das Gesicht. »Ja, das ist vielleicht einer meiner größten Fehler.«

»Nein, das ist toll. Wissen Sie, als wir uns begegnet sind, konnte ich nicht beurteilen, ob Sie einfach voller Adrenalin waren oder ob Sie wirklich so stark sind. Ich habe als Kind viel Gewalt zu Hause erlebt. Meine Mutter hatte nicht viel ... man könnte sagen Widerstandskraft ... und mein Vater hat sie ständig terrorisiert. Ich musste zusehen, wie sie zum bloßen Schatten ihrer selbst wurde, bis sie schließlich starb. Seine Tyrannei tötete ihren Lebensmut, ihre Freude und dann sie selbst.« Er sah Mitgefühl in ihren Augen, doch Honor schwieg, wofür er in diesem Moment dankbar war.

»Aber Sie sind nicht so«, fuhr er beherzt fort. »Überhaupt nicht. Nach Jahren des Missbrauchs haben Sie noch immer Ihren Mut. Und Ihr Lachen.«

»Das war nicht leicht. Leicht wäre es gewesen zuzulassen, dass er mir beides nimmt.«

»Warum sind Sie bei ihm geblieben?«, fragte er.

»Weil er mir drohte, mir die Kinder zu nehmen, wenn ich ihn je verlassen sollte.«

»Und das hätte in seiner Macht gelegen?«

»Ja.«

»Ich verstehe. Und Ihre Familie hat Ihnen nicht geholfen?«

Sie warf ihm einen schwer zu deutenden Blick zu und seufzte. »Ich bin ein Einzelkind. Meine Eltern sind soweit in Ordnung, aber sie leben in ihrer eigenen eng umgrenzten Welt, mit ihren anspruchsvollen Jobs, in ihrer Großstadt, die nie schläft.«

»Ihre Eltern sind also Karrieremenschen. Was arbeiten sie?«

»Mein Vater ist Geschäftsführer einer großen Firma und meine Mutter ist Anwältin, sie arbeitet für so eine Halsabschneiderkanzlei. Mein größter Wunsch war immer, zu heiraten und eine eigene Familie zu haben – Träume, mit denen sie überhaupt nichts anfangen konnten.«

»Wie sind Sie so geworden, wie Sie sind? Man sollte doch annehmen, dass Sie Ihren Eltern nacheifern.«

»Ich bin mit Kindermädchen aufgewachsen, deshalb hat mich ihr Lebensstil, in dem die Arbeit wichtiger war als alles andere, nicht ganz so stark beeinflusst, ebenso wenig wie ihre Liebe zum Geld. Sie haben Geld gehortet, wie manche Menschen Lebensmittel horten. So lange ich also nicht bereit war, mich großzügig zu revanchieren, hatte meine Mutter genauso wenig Lust, mir und meinen Kindern dabei zu helfen, den Mann zu verlassen, der uns misshandelte, wie sie Lust hatte, campen zu gehen.«

»Moment mal! Sie sagten doch, Sie seien in einem Wohnwagen aufgewachsen.«

»Bei meinem dritten Kindermädchen, Sherilyn DuPont. Sie war am längsten da und ist so etwas wie meine Ersatzmutter geworden. Nach meinem Highschoolabschluss hat sie einen Job im Ausland angenommen.« Honor lächelte traurig. »Aber wir mailen uns noch hin und wieder.«

»Und Ihre Kollegen? Sie sagten doch, Sie hätten gejobbt und hätten außerdem ein paar Stipendien erhalten, aber nicht genug, um zu studieren. Ihre Eltern wollten nicht den Rest übernehmen?«

»Doch, sie haben es angeboten. Eine Collegeausbildung war geradezu so etwas wie ein Muss für ihr einziges Kind.« Sie zuckte die Achseln. »Aber ich habe damals abgelehnt. Ich war zu der Zeit einfach mit allem durch, was sie betraf, und wollte endlich unabhängig sein. Sie brauchten mich nicht und ich weigerte mich, sie zu brauchen.« Sie schüttelte den Kopf. »Ich bin nicht stolz darauf. Es hat uns einander nur noch mehr entfremdet. Momentan weiß ich nicht, ob eine Versöhnung überhaupt noch möglich ist.«

»Aber Sie wünschen sie sich.«

Sie seufzte schwer. »Ja. Ja, das tue ich. Aber meine Mutter hat bei meinen letzten drei Anrufen nicht einmal abgenommen. Das ist der momentane Stand.«

»Verstehe.« Er kniff die Augen zusammen. »Gibt es noch weitere Geheimnisse, die Sie mir vielleicht erzählen möchten?«

»Es gibt Geheimnisse, über die man nicht sprechen sollte.«

Sie sagte das mit solcher Härte in der Stimme, dass er leicht zusammenzuckte. »Tut mir leid. Ich wollte nicht aufdringlich sein.«

Sie trank einen Schluck aus der Wasserflasche, die auf ihrem Tisch stand. »Schon gut. Wenn irgendjemand das Recht hat, aufdringlich zu sein, dann Sie.« Sie rieb sich die Augen. »Ich glaube, ich weiß, wie sie ... äh, er ... uns gefunden hat.«

Er akzeptierte den Themenwechsel. »Wie denn?«

»Durch das Haus. Es wurde auf mich überschrieben. Wenn er danach gesucht hat, konnte er es leicht finden, nehme ich an.«

»Das klingt überzeugend.«

»Ich weiß zwar nicht, ob er selbst das hätte bewerkstelligen können, aber wenn er einen Privatdetektiv engagiert hat – für den war es sicher ein Leichtes. Damit wusste er zwar noch nicht, welchen Weg ich nehmen würde, aber er brauchte ja nur vorauszufahren und auf uns zu warten.«

»Falls wirklich ein Fremder hier sein sollte, achtet er jedenfalls sorgfältig darauf, nicht entdeckt zu werden.«

»Ich weiß. Und genau das macht mir Sorgen. Ich habe die Schulen gebeten, die Kinder gut im Auge zu behalten und auf keinen Fall mit Fremden mitgehen zu lassen, aber ...«

»Sie machen sich noch immer Sorgen, sie dort alleinzulassen.«

»Ja. Aber sie zu Hause einzuschließen, ist auch keine Alternative. Außerdem habe ich keine Angst, dass er sie umbringt. Ich bin diejenige, die sie tot sehen wollen.«

»Jetzt haben Sie schon wieder ›sie‹ gesagt. Ist mehr als eine Person hinter Ihnen her?«

Sie schluckte. »Ja. Wahrscheinlich.«

Ihr Telefon klingelte wieder und enthob sie der Notwendigkeit einer Antwort. Sie nahm den Hörer ab. »Hallo?«

»Honor McBride?«

»Ja.«

»Hier ist Mark Hill, der Schadenssachbearbeiter Ihrer Versicherung. Könnten wir uns in etwa einer Stunde bei Ihnen zu Hause treffen?«

Sie sah auf die Uhr. »Ja, das geht. Aber ich dachte,

Sie wollten noch die Untersuchungsergebnisse abwarten.«

»Das haben wir. Es war ein Unfall, deshalb müssen wir die nächsten Schritte besprechen.«

»Oh!« Honors Herz klopfte wie wild. Was sollte das bedeuten? »Natürlich«, stotterte sie. »Sehr gut. Danke. Wir sehen uns am Haus.« Sie legte auf.

Eli runzelte die Stirn. »Ein Unfall? Was war die Ursache?«

»Sie haben doch offensichtlich zugehört. Das hat er nicht gesagt, aber ich treffe mich in einer Stunde mit ihm.« Ihr Tonfall war schärfer als beabsichtigt. Sie seufzte. »Ich werde ihn fragen«, fügte sie etwas sanfter hinzu.

»Ich komme mit.«

»Das brauchen Sie nicht.« Sie nickte zum Kalender hinüber, wo sie seine Bank- und Gemeindetermine eintrug. »Sie haben doch die Sitzung in der Bank.«

»Ich will aber nicht, dass Sie sich allein mit diesem Typen treffen. Ich sage Nolan, er soll jemanden schicken, der Sie begleitet.«

»Wen?«

»Einen Polizeibeamten.« Er nahm den Hörer ab. Es dauerte keine zwei Minuten, bis er alles arrangiert hatte.

Neun

Nach einem kurzen Zwischenstopp beim Anwalt fuhr Honor zu ihrem beschädigten Haus. Sie stellte den Motor ab, blieb erst einmal sitzen und starrte auf den Anblick, der sich ihr bot. Ihre Mutter war ein Einzelkind gewesen, doch ihre Großmutter hatte drei Geschwister gehabt. Da sie so weit entfernt von ihnen lebte, hatte sie sie nur wenige Male in ihrem Leben gesehen. Das letzte Mal hatte ihre Großmutter sie sechs Monate nach der Geburt von Beth Ann besucht. Damals hatte Tante Wilma sie begleitet. Sie und Honor und die Kinder hatten eine wunderbare Woche miteinander verbracht. Lorenzo war auf Geschäftsreise gewesen, deshalb hatten sie das Haus ganz für sich gehabt.

Tante Wilma hatte bittere Tränen geweint, als sie wieder abfahren mussten, und sie hatten sich versprochen, in Kontakt zu bleiben – was sie auch getan hatten. Geschenke, Grußkarten und Videoanrufe hatten ihnen das Leben versüßt und Honor sogar das Zusammenleben mit Lorenzo ein wenig erleichtert. Dann war zuerst Großmama gestorben und nun vor einiger Zeit auch Tante Wilma.

Honor schloss die Augen und zwang routiniert die Tränen zurück. Sie musste jetzt durchhalten, bis die Sache mit Tante Wilmas Haus geklärt war und sie ohne Terror und Angst für ihre Kinder sorgen konnte. Falls ihr Plan funktionierte.

Als sie vorhin aus dem Anwaltsbüro getreten war, hatte Hilfssheriff Trent Linder sich ihr vorgestellt. Dann war er ihr zum Haus gefolgt und parkte jetzt in Sichtweite.

Honor stieg aus und richtete den Kragen ihres Mantels mit einer behandschuhten Hand auf, um sich vor der Kälte zu schützen. Das leise Motorengeräusch eines Autos drang an ihr Ohr. Ein hellbrauner Kompaktwagen hielt neben dem Streifenwagen des Polizisten und ein etwa vierzigjähriger Mann stieg aus. Linder öffnete die Tür seines Streifenwagens und stieg ebenfalls aus.

»Hi. Ich bin Trent Linder. Dürfte ich bitte Ihren Personalausweis sehen?«

»Ich bin Mark Hill, Schadenssachbearbeiter. Wofür brauchen Sie meinen Personalausweis?«

»Ich muss ein Auge auf Mrs McBride und die Leute in ihrer Umgebung halten.« Er streckte die Hand aus.

»Ach so. Klar.« Der Mann klopfte seine Taschen ab und schüttelt dann den Kopf. »Tut mir leid, meine

Brieftasche liegt im Handschuhfach. Eine Sekunde.« Er ging zu seinem Auto zurück, öffnete die Beifahrertür und beugte sich hinein.

Honors innerer Alarm sprang an. Sie runzelte die Stirn. Der Typ sah nicht aus wie ein Schadenssachbearbeiter. Andererseits – wie sah ein Schadenssachbearbeiter aus?

Mr Hill richtete sich auf, trat zwei Schritte zurück, drehte sich um – und schoss mit der Waffe, die er jetzt in seiner rechten Hand hielt.

Honor blieb ein Schrei in der Kehle stecken, als der Polizist zu Boden sank. Sie tat einen Schritt nach vorn und blieb schwankend stehen, als der Mann sich umdrehte und die Waffe auf sie richtete.

Honor wirbelte herum und sprintete auf die Hausecke zu, ungeachtet der blanken Todesangst, die sie gepackt hatte. Die Waffe knallte ein zweites Mal. Sie erwartete, Schmerzen zu spüren, rannte aber trotzdem weiter. Dabei zermarterte sie sich das Gehirn nach einem Fluchtweg. Doch sie hatte keine Chance, zu ihrem Auto zu gelangen, und sie konnte auch dem Polizisten nicht helfen. Sie musste fliehen und Hilfe holen. Und beten. Sie rannte auf den Wald hinter dem Haus zu.

Die dritte Kugel schlug erneut neben ihr ein. Honor rannte schneller, mit hämmerndem Puls und keuchendem Atem. Sie erreichte die Baumlinie im selben

Augenblick, in dem eine vierte Kugel in den Baum rechts von ihr einschlug. Ein paar Holzsplitter drangen in ihre Wange. Sie duckte sich.

Mit einem leisen Wimmern sprang sie auf den schmalen Waldweg und rannte weiter, so schnell sie konnte. Er würde ihr folgen, das wusste sie. Wo führte der Weg hin? Sie hatte noch keine Gelegenheit gehabt, den Wald zu erkunden, und keine Ahnung, in welche Richtung sie laufen sollte. Aber der Pfad musste ja irgendwohin führen. Wenn sie parallel zur Baumlinie lief, kam sie dann nicht bei Elis Gästehaus raus?

»Bleib stehen, Honor, oder ich hole mir deine Kinder.«

Honor verließ den Pfad und verbarg sich hinter einem großen Baumstumpf. Dabei versuchte sie verzweifelt, ihre keuchenden Atemzüge zu unterdrücken und sich gleichzeitig zu orientieren.

Aus dem Augenwinkel sah sie, dass der Mann den Weg entlang auf sie zukam. »Komm schon, Honor«, rief er. »Schluss jetzt mit dem Katz-und-Maus-Spiel. Joe und Elise sind keine schlechten Menschen, sie werden gut für die Kinder sorgen.«

Ha. Für ihr Geld würden sie sorgen.

»Eine Million pro Kind, Honor. Wenn das nicht lukrativ ist! Wie hast du das eigentlich geschafft?«

Sie hatte nichts von dem Geld gewusst, bis kurz nach Lorenzos Tod, als sie den Brief gefunden hatte.

Aber daran durfte sie jetzt nicht denken. Jetzt musste sie um ihr Leben kämpfen.

Ob Eli wohl schon zu Hause war? Nein, er hatte doch die Sitzung in der Bank. Sie hatte den Termin selbst in seinen Kalender eingetragen. Sie presste die Hände an die Augen und beschwor sich nachzudenken.

Hinter der Baumlinie konnte sie noch immer ihr Haus sehen. Und etwas weiter entfernt das Haus von Eli. Wenn sie einen kleinen Kreis schlug und sich dabei gut versteckte, könnte sie zu Elis Haus gelangen und von dort aus Hilfe rufen. Oder vom Gästehaus aus. Sie wusste, wo die Ersatzschlüssel beider Häuser versteckt waren.

Ihr Angreifer kam näher. Geduckt schlich sie langsam von dem Baumstumpf fort, wobei sie sorgfältig darauf achtete, wo sie hintrat. Sie durfte jetzt auf keinen Fall einen Fehler machen.

Sie huschte einen Baum weiter. Und noch einen. Er suchte sie noch immer. Es gelang ihr nicht, genügend Abstand zwischen ihn und sich zu bringen, sodass sie hätte loslaufen können, ohne ihm ihren Standort zu verraten. Zitternd presste sie die Hände vor den Mund, damit ihr kein Schluchzen entwich, während sie weiter Richtung Häuser steuerte.

Und in diesem Moment schrie es in ihrem Herzen: *Hilf mir, Gott! Bitte lass mich nicht sterben. Meine Kinder brauchen mich. Und ich würde so gern Eli noch besser kennenlernen.*

* * *

Eli trat aus dem Bankgebäude heraus. Im selben Moment sah er, dass Nolan aus dem Sheriffbüro gegenüber gelaufen kam und in seinen Streifenwagen sprang. Er nahm das Funkgerät und sprach aufgeregt hinein.

»Nolan«, rief Eli alarmiert, »was ist passiert?«

Nolan blickte auf. »Trent Linder liegt bei Honors Haus auf der Einfahrt. Er wurde angeschossen.«

Elis Welt stürzte ein. »Und Honor?«

»Weiß ich noch nicht.«

Eli sprintete zur Beifahrertür des Streifenwagens und warf sich hinein. »Fahr los!« Er schnallte sich an, Nolan gab bereits Gas.

»Der Rettungswagen ist unterwegs, die übrigen Hilfssheriffs ebenfalls.«

»Die Schule ist bald aus. Die Kinder werden zum Bus gehen.«

»Ich habe Janet gesagt, sie soll in der Schule anrufen und sagen, dass sie die Kinder dort behalten müssen.«

Die Fahrt zu Honors Haus dauerte nicht einmal fünf Minuten, doch diese dreihundert Sekunden fühlten sich an wie eine Ewigkeit. Als sie in die lange Auffahrt einbogen, reckte Eli den Hals. Endlich kam das Haus in Sicht. Beim Anblick des Polizeibeamten, der neben seinem Auto auf dem Boden lag, blieb ihm schier das Herz stehen.

»Bleib hier, Eli. Ich weiß nicht, wo der Schütze ist.«

»Ich schon«, sagte er und öffnete die Wagentür. »Er ist da, wo Honor ist.«

»Eli ...«

»Kümmere dich um Trent. Mach den Kofferraum auf. Ich kümmere mich um Honor.«

»Du darfst keine Dienstwaffe benutzen.«

»Mach ich auch nicht. Ich nehme dein Jagdgewehr.« Er wusste, dass Nolan sein Gewehr im Kofferraum hatte, weil Jagdsaison war. Er holte die Waffe heraus und sah sich um. Keine Spur von Honor, aber ihr Auto stand da – und ein brauner Kombi. Vorsichtig betrat er das Haus und sah sich aufmerksam um.

»Honor!«, brüllte er.

Keine Antwort.

Sie war eindeutig nicht im Haus.

Er ging wieder hinaus. Draußen glaubte er plötzlich, aus dem Augenwinkel eine Bewegung bei den Bäumen wahrgenommen zu haben. Er lief los.

»Honor!«

* * *

Honor erstarrte, als sie Eli rufen hörte. Erleichterung und Panik zugleich schlugen über ihr zusammen. Sie sah, wie der Mann auf die Baumgrenze zu schlich. Eli lief weiter in ihre Richtung. Er hatte keine Ahnung, dass der Angreifer ihn im Visier hatte.

»Honor!«

Der Mann hob seine Waffe und zielte auf Eli. Honor holte tief Luft und stürzte zu dem Mann. Sie nahm Anlauf und sprang ihm in den Rücken. »Nein!«

Er verlor das Gleichgewicht und ging zu Boden, dabei fiel ihm die Waffe aus der Hand. Am Boden liegend, trat er nach hinten und traf Honor seitlich am Kopf, so heftig, dass sie einen Moment ganz still lag, weil sich alles um sie herum drehte. Aber sie durfte nicht liegen bleiben. Wenn sie nicht weglief, würde er sie erschießen. Stöhnend rappelte sie sich auf die Knie.

Etwas Hartes drückte sich gegen ihren Kopf. »Keine Bewegung.« Die eiskalte Stimme ließ sie verstummen.

Und dann stand Eli vor ihnen, das Gewehr im Anschlag. »Waffe runter!«

»*Sie* nehmen sie runter oder ich jage ihr eine Kugel in ihren hübschen Kopf.«

»Was wollen Sie? Sagen Sie es mir und ich beschaffe es Ihnen, aber tun Sie ihr nichts.«

In der Ferne heulten Sirenen, als ob alle Einsatzfahrzeuge der Kleinstadt zu ihnen unterwegs wären. »Okay, Honor, sieht so aus, als bräuchte ich eine Geisel. Du lebst also noch ein bisschen länger.«

»Warum tun Sie das?«, fragte Eli und tat einen Schritt auf sie zu, das Gewehr nach wie vor im Anschlag.

»Geld, was sonst? Beschaffen Sie uns ein Auto, dann töte ich sie nicht.«

Doch, das würde er. Honor wusste, wenn sie mit dem Mann zurückblieb, bedeutete das ihren Tod. »Sie sind nicht der Mann, der mir zu Hause gedroht hat. Arbeiten Sie mit ihm zusammen?«

Er lachte spöttisch. »Er war nur ein Strohmann. Du solltest zur Polizei gehen und von der Drohung erzählen, damit sie, wenn du ermordet wirst, nach ihm suchen. Stattdessen bist du weggelaufen. Und ich musste dich aufspüren. Das hat mir überhaupt nicht gepasst.«

»Honor hat kein Geld«, sagte Eli. »Ich glaube, Sie haben die Falsche erwischt.«

Der andere lachte wieder. »Hast du es ihm nicht erzählt?«

Eli stand stocksteif da. Es war deutlich zu sehen, dass er wild entschlossen war, sie zu retten. Andererseits ahnte Honor, zu was der Mann hinter ihr fähig war.

»Was soll sie mir erzählt haben?«, fragte Eli.

»In ein paar Monaten bekommt sie eine volle Million und in den folgenden Jahren noch einmal vier Millionen. Alles hübsch ordentlich hinterlegt auf der Bank, für den gesetzlichen Vormund der fünf Kinder.« Er stieß sie vorwärts. »Und ich will meinen Anteil daran haben.« Er drückte ihr noch immer die Waffe gegen den Kopf. »Und jetzt machen wir uns erst mal zusammen vom Acker.« Sein Blick flog zu Eli hinüber. »Sie kommen mit. Sie wissen zu viel.«

»Warum sollte ich Ihnen helfen, wenn ich weiß, dass Sie uns umbringen werden?«, fragte Eli.

»Weil Sie so noch ein bisschen länger leben. Wenn Sie nicht tun, was ich sage, bringe ich sie gleich um.« Er hielt kurz inne, dann fuhr er fort: »Eine Geisel ist wahrscheinlich sowieso einfacher als zwei.« Er drückte fester zu, Honor keuchte auf.

»Aufhören!«, rief Eli. »Hören Sie auf. Okay. Ich mache, was Sie wollen.«

»Eli, laufen Sie! Wenn er uns beide umbringt, hilft es niemandem. Sie müssen überleben!«

Doch ihr Appell war nutzlos. Eli würde sie nicht der Gnade ihres Verfolgers überlassen.

»Hier ist alles voller Polizei«, sagte Eli. »Sehen Sie sie nicht?«

Vor Honors Haus drehten sich die Blaulichter.

Dem Angreifer wurde offenbar klar, dass die Pattsituation zu lange gewährt hatte. Er packte Honor hinten an ihrem Mantel. »Deshalb werden wir nicht hier entlanggehen. Ich bin jetzt lange genug in diesem Wald, ich weiß, wie wir am besten hier herauskommen. Dann können Sie uns mit dem Auto aus diesem Bauernkaff herausfahren.«

»Mein Auto steht vor der Bank. Ich habe nur das eine.«

»Das sehen wir dann! Los jetzt, bevor sie uns hier entdecken.«

Doch es war zu spät. Honor hörte eine der Ambulanzen mit heulender Sirene wegfahren, während gleichzeitig vier Streifenwagen auf sie zuhielten. Sie begriff, dass man sie und alles, was hier vorging, genau sehen konnte. Ihr Verfolger zog sie tiefer zwischen die Bäume.

Eli folgte ihnen langsam. »Lassen Sie sie los, dann lasse ich Sie laufen.«

Der Mann antwortete nicht. Honor hatte den Eindruck, dass er den Vorschlag tatsächlich in Erwägung zog. Bis zwei Polizisten von beiden Seiten mit gezogenen Waffen auf sie zukamen.

Der Mann wirbelte herum und packte sie noch fester. »Stehenbleiben!« Sie zuckte zusammen. »Einen Schritt näher und ich bring sie um! Ich gehe nicht ins Gefängnis.«

Eli hatte noch immer das Gewehr im Anschlag.

»Wer hat Sie angeheuert?«, krächzte Honor. Eine dunkle Ahnung war in ihr aufgestiegen. »Wer?«

»Dein liebevoller Schwiegervater«, spuckte er ihr ins Genick. »Offenbar steht er vor dem Bankrott. Wie der Sohn, so der Vater.«

Sie schluckte. »Ich wusste es. Er hat mich immer schon verachtet.«

Sie begegnete Elis Blick. »Sie hätten mir vertrauen sollen, Honor.«

»Das habe ich doch. Ich habe Ihnen meine Kinder vermacht.«

Zehn

Eli hätte beinahe das Gewehr verrissen. »Was?«

Doch der Mann hinter ihr wurde zunehmend nervöser, als er sah, dass seine Chancen auf eine Flucht schwanden. Plötzlich strauchelte Honor, als sie an einer Baumwurzel hängen blieb. Einen Moment lang war die Schusslinie auf den Kopf des Mannes völlig frei. Elis Finger legte sich um den Abzug.

Der Mann zerrte Honor hoch. Im gleichen Moment explodierte ein Schuss in einem roten Nebel hinter ihm. Seine Waffe fiel zu Boden und er stürzte vornüber. Hinter den beiden sah Eli Nolan stehen. Gerade ließ er seine Dienstwaffe sinken.

Eli packte Honor an den Oberarmen und zog sie von dem Toten fort. Tränen strömten ihr über das Gesicht, sie wurde von Krämpfen geschüttelt. Er schlang seine Arme um sie und hielt sie einfach nur fest. Vorsichtig bewegte er sich rückwärts, in dem Wunsch, sie so weit wie möglich von dem Mann fortzubringen, der seit Wochen versucht hatte, sie zu ermorden.

Er hielt sie fest, während sie weinte, und blickte zu Nolan hinüber, der auf sie zukam.

»Ist sie in Ordnung?«, fragte Nolan.

»Sie wird es sein«, antwortete Eli. »Das verdankt sie dir.«

»Und dir. Du hast ihn lange genug abgelenkt, sodass ich schießen konnte, als ich die Gelegenheit dazu hatte.«

»Er hat zu lange überlegt, wie er fliehen könnte, statt einfach zu fliehen.« Eli schwieg, strich Honor übers Haar und zog sogleich eine angewiderte Grimasse. Er hielt seine Hand hoch, dass Nolan sie sehen konnte. Der nickte und ging zu seinem Streifenwagen. Beim Zurückkommen warf er Eli ein Handtuch zu.

»Ich mache Sie ein bisschen sauber, ja?«

Ein Sanitäter trat zu ihnen. »Ich kann Ihnen helfen.«

Zusammen wischten die Männer Honor notdürftig das Blut und Gewebe aus dem Haar, dem Gesicht und von ihren Kleidern.

Honor barg ihr Gesicht an seiner Brust. »Danke«, flüsterte sie. Sie stand ganz still, ihr Schluchzen nur unterbrochen von einem gelegentlichen Schluckauf.

»Hast du alles mitbekommen? Das über ihren Schwiegervater?«, fragte Eli Nolan.

»Ja. Wir werden herausfinden, wer der Tote war, und sein Bankkonto überprüfen. Ich nehme an, dass er ein ganz schönes Sümmchen für diesen Auftrag erhalten hat. Wenn wir die Zahlung zu ihrem Schwiegervater zurückverfolgen können, haben wir ihn.«

»Hören Sie bitte auf, ihn meinen Schwiegervater zu nennen«, sagte Honor, ohne das Gesicht von Elis Brust zu lösen. »Er heißt Joe. Joe McBride und ich will nie wieder mit ihm in Verbindung gebracht werden.«

»Natürlich«, sagte Nolan. »Das kann ich gut verstehen.«

»Danke.«

Nolan lauschte den Worten, die aus seinem Funkgerät drangen, dann sah er auf. »Der Gerichtsmediziner ist auf dem Weg.«

Honor begann unkontrolliert zu zittern. Eli führte das auf den Schock zurück, der jetzt anfing, voll zu wirken. »Kommen Sie, ich bringe Sie in mein Haus. Sie müssen ins Warme. Wenn Nolan noch Fragen an Sie hat, kann er sie auch dort stellen.«

Nolan nickte zustimmend. »Ich setze euch ab. Dein Auto holen wir später.«

»Danke.«

»Ich muss ins Gästehaus. Meine Kinder kommen gleich nach Hause«, widersprach Honor.

»Sie sind in der Schule«, antwortete Eli. »Nolan hat Bescheid gegeben, dass sie dort bleiben sollen, bis diese Sache vorüber ist. Es dauert also noch ein Weilchen, bis sie kommen.«

Honor fiel ein Stein vom Herzen, als sie hörte, dass ihre Kinder in Sicherheit waren.

»Möchten Sie erst einmal duschen, damit ihre Kinder keinen Schreck bekommen, wenn sie Sie sehen?«, fragte Eli sanft.

»Unbedingt.« Das klang so dringlich, dass er sie ohne weitere Umstände zu Nolans Streifenwagen führte.

* * *

Im Gästehaus warteten Eli und Nolan, bis Honor geduscht hatte. Nach zwanzig Minuten saß sie ihnen gegenüber.

»Woher wussten Sie, dass ich Sie brauche?«, fragte sie Nolan.

»Der Polizeibeamte, der angeschossen wurde, hat uns verständigt.«

»Ich bin so froh, dass er noch lebt.«

»Und ich bin froh, dass Sie jetzt keine Angst mehr zu haben brauchen«, warf Eli dazwischen.

»Ja. Dafür bin ich auch zutiefst dankbar.« Honor blickte Eli lange in die Augen. Beide wussten, dass sie noch etwas zu klären hatten.

Eli schaute seinen Cousin an. »Gibst du uns ein paar Minuten?«

»Natürlich«, sagte Nolan. Ihm entging die Spannung im Raum nicht und er schmunzelte in sich hinein. »Ich bin im Streifenwagen und schreibe meinen Bericht. Gebt Bescheid, wenn ihr mich braucht. Ich fahre dich dann zur Bank zu deinem Auto.«

»Danke«, nickte Eli. Als Nolan gegangen war, wandte er sich Honor zu. »Warum haben Sie mir nicht gesagt, was wirklich los war?«

Sie starrte auf ihre in ihrem Schoß verschränkten Hände. »Ich wollte ja.«

»Aber?«

»Aber ich hatte Angst. Ich war so daran gewöhnt, alles allein zu machen, dass ich gar nicht mehr wusste, wie man um Hilfe bittet. Gott sei Dank haben Sie nicht gewartet, bis ich es tat. Aber Sie hatten schon so viel für mich getan und ich wollte Sie nicht noch tiefer in die Sache hineinziehen oder gar in Gefahr bringen. Und ich hatte Angst, was Sie von mir denken könnten.«

»Wie meinen Sie das?«

»Was, wenn Sie mir nicht geglaubt hätten? Was, wenn Sie gedacht hätten, dass ich nur deshalb Kinder bekommen hätte, um an das große Geld zu kommen?« Sie biss sich auf die Lippen und wandte den Blick ab.

»Das hätte ich niemals geglaubt.«

»Aber woher sollte ich das wissen? Ich wollte nicht das Risiko eingehen, dass Sie sich von uns abwenden. Ich ... ich hatte Angst, Ihre Freundschaft, Ihre Achtung zu verlieren.«

»Oh, Honor.« Er seufzte.

»Ich fand das mit dem Geld erst kurz nach Lorenzos Tod heraus, als ich seine Sachen durchgesehen habe. Dabei stieß ich auf ein Schreiben seines Großvaters, ein offizielles Dokument, in dem die Verfügung festgehalten war. Es war abgefasst worden, bevor Lorenzo und ich heirateten.«

»Was für eine Verfügung?«

»Lorenzo war ein Einzelkind. Mit seinem Tod wäre der Familienname ausgestorben. Anscheinend hatte er nicht die Absicht zu heiraten. Seinem Großvater gefiel das gar nicht, deshalb legte er fest, dass Lorenzo für jedes Kind, das er – im Rahmen einer Ehe – bekäme, am dreizehnten Geburtstag des betreffenden Kindes eine Million Dollar bekommen sollte. Deshalb versuchen meine Schwiegereltern so verzweifelt, das Sorgerecht für meine Kinder zu bekommen. Wer das Sorgerecht hat, bekommt das Geld.«

Eli stieß die Luft aus. »Das ist … absurd.«

»Ich weiß. Es gibt keine Worte dafür. Aber« – sie seufzte – »es erklärt, warum er nie Hand an mich legte, wenn ich schwanger war. Er wollte keine Fehlgeburt riskieren.«

»Unglaublich.« Er schwieg. Dann sagte er: »Was haben Sie damit gemeint, dass Sie mir Ihre Kinder vermacht haben?«

»Wenn mir etwas zustößt, sollten meine Schwiegereltern das Sorgerecht erhalten, so war es in meinem ursprünglichen Testament festgelegt.«

»Das erklärt, warum sie so entschlossen waren, Sie umzubringen.«

»Ja. Deshalb war ich bei dem Anwalt und habe ein

neues Testament aufgesetzt, in dem ich Sie als Vormund eingesetzt habe, falls mir etwas zustoßen sollte.«

Er blinzelte. »Ich weiß nicht, was ich sagen soll!«

»Sind Sie mir böse?«

»Ich – ich bin sprachlos.« Er räusperte sich. »Und ich fühle mich sehr geehrt.«

Sie atmete erleichtert auf. »Ich hätte Sie fragen sollen, aber ich wollte nicht das Risiko eingehen, dass Sie Nein sagen.«

»Deshalb haben Sie mir also die Fragen gestellt, ob ich Vater werden will und so?«

»Ja. Sie schienen nicht so besonders begeistert von der Idee, aber ich wusste, dass Sie der Aufgabe gewachsen sein würden, wenn sie Ihnen zufiel.«

Er beugte sich vor und nahm sie fest in die Arme. Und dann küsste er sie. Es war ein sanftes, süßes Aufeinandertreffen ihrer beider Lippen, voll tiefen Gefühls. Sie war so lange nicht geküsst worden, dass sie beinahe zurückgezuckt wäre, doch sie hielt inne und erlaubte sich ganz bewusst, einfach nur ihrem Empfinden nachzugeben. Dabei stellte sie beglückt fest, wie richtig es sich anfühlte, ihn zu küssen. Normal. Sicher.

Als er sich aufrichtete, sagte er: »Komm, holen wir unsere Kinder.«

Epilog

Sechs Monate später

Eli warf Christopher den Football zu. Der Junge machte sich Hoffnungen, in das Footballteam seiner neuen Schule aufgenommen zu werden. Er wünschte sich sehr, dass die Tatsache, dass er bisher noch nicht in einem Team gespielt hatte, kein Grund für eine Ablehnung sein würde.

Christopher fing den Ball und raste auf Eli zu. Eli war gute hundert Pfund schwerer als der Teenager, doch er ließ zu, dass Christopher ihn aus dem Weg stieß und es in die Endzone schaffte – die in diesem speziellen Fall aus zwei mit Wasser gefüllten Milchkannen bestand, die an beiden Enden des Spielfelds aufgestellt waren.

Christopher führte einen Freudentanz auf, bis er von einer kleinen Sechsjährigen zu Fall gebracht wurde. Er prallte so hart auf dem Boden auf, dass Eli zusammenzuckte. Doch Christopher lachte nur und rollte sich herum, während Beth Ann kichernd nach dem Ball griff und davonstürmte.

»Hey«, rief Harry ihr hinterher, »er hat getroffen. Wir müssen erst einen Anstoß machen!«

»Erst müsst ihr mich kriegen«, rief Beth Ann über die Schulter zurück, ein mutwilliges Funkeln in den Augen. Sie schlug einen scharfen rechten Haken und hielt auf den Hühnerstall zu. Sie machte sich wie immer einen Spaß daraus, den Ball zu klauen, sodass ihre Brüder hinter ihr herjagen und ihn sich zurückholen mussten.

»Beth Ann«, rief Samuel. »Du kommst sofort zurück! Auf der Stelle!«

Die Antwort war abermals ein Kichern. Gus warf Eli einen hilflosen Blick zu, doch der schüttelte nur lachend den Kopf.

»Lass sie. Im Kofferraum meines Trucks liegt ein zweiter Ball«, raunte er ihnen zu.

Die Jungs klatschten einander ab und liefen zum Truck, als Honor gerade aus dem Haus kam. Sie wischte sich die Hände an einem Handtuch ab. Die Samstagnachmittage waren Elis Lieblingszeit und Honor McBride war für ihn der liebste Mensch auf der Erde geworden. Gleich nach ihr kamen ihre Kinder. Er schob eine Hand in die Tasche seiner Jeans und schloss die Finger um den Ring, den er letzte Woche bei einem Ausflug nach Asheville gekauft hatte. Wieder stieg eine unbeschreibliche Nervosität in ihm auf, doch er hatte das Ganze letzte Nacht wieder und wieder überdacht und würde jetzt nicht zum Feigling mutieren. Er ging zu ihr.

* * *

Bei Elis Anblick fing Honors Herz an, bis zum Hals zu klopfen. Was ihn betraf, konnte sie ihr Herz so wenig beherrschen wie das Wetter.

Er blieb vor ihr stehen und küsste sie. Sie erwiderte seinen Kuss, genoss das Gefühl, geliebt und geschätzt zu werden. Als er den Kopf hob, lag in seinen Augen ein besonderer Schimmer.

»Was ist?«, fragte sie.

»Du hast neue Hoffnung in mein Leben gebracht.«

Sie lächelte. »Dasselbe könnte ich zu dir sagen.«

»Vertraust du mir? Genug, um sicher zu sein, dass ich dich nie im Leben verletzen würde, jedenfalls nicht mit Absicht?«

»Ja.« Sie war nicht überrascht, dass sie seine Frage ohne Zögern beantworten konnte.

In den letzten sechs Monaten hatte sie ihn genau beobachtet. Sie hatten sehr viel Zeit zusammen verbracht, von ihrer gemeinsamen vormittäglichen Arbeit in der Kirchengemeinde bis zum täglichen Abendessen, das er gemeinsam mit ihr und den Kindern einnahm. Er hatte noch immer das Amt des Pastors anstelle seines Bruders inne, denn dieser hatte seine

Auszeit verlängert. Die Beharrlichkeit, mit der Hudson versuchte, seine Frau zurückzugewinnen, schien sich jedoch auszuzahlen. Die beiden wollten Ende des Monats gemeinsam zurückkommen.

»Ich vertraue dir«, sagte sie. »Ich habe in den letzten sechs Monaten mehr Zeit mit dir verbracht als mit Lorenzo in dreizehn Ehejahren.« Sie schüttelte den Kopf. »Ich war so jung und ahnungslos. Damals, mit neunzehn, wusste ich einfach nicht, worauf ich mich einließ. Ich wusste nicht, dass er mich nur zu seinem finanziellen Vorteil benutzte.« Sie legte die Hand an seine Wange. »Ich liebe dich, Eli.«

»Und ich liebe dich, Honor. Ich glaube, ich habe mich in dem Moment in dich verliebt, als die Fliegengittertür sich aus den Angeln löste und dir auf die Füße fiel. Du hättest am liebsten geschrien, aber du hast es nicht getan, stimmt's?«

Sie lachte. »Ja, das stimmt.«

»Aber du bist ruhig geblieben. Ich habe dich dafür total bewundert.«

»Du hättest geschrien, nicht wahr?«

»Ganz sicher.« Er lachte leise und seufzte dann. »Ich bin nicht vollkommen. Ich habe durchaus meine Fehler. Ich kann ziemlich unnachgiebig und halsstarrig sein.«

»Ich weiß. Ich habe dich in deinen schlimmsten Momenten erlebt, wie du weißt.«

Er wurde rot. »Ich konnte mich doch in diesem

Spiel nicht unterbuttern lassen. Jedenfalls nicht ohne Kampf.«

Honor hatte keine Ahnung gehabt, dass das Videospiel, das sie Harry zu Weihnachten geschenkt hatte, ein solches Band zwischen ihm und Eli schaffen würde. Doch es hatte sich als großartige Idee herausgestellt. Ihr Sohn hatte in den letzten Tagen tatsächlich drei Mal laut gelacht und seine Augen hatten den gehetzten Ausdruck verloren, mit dem er – wie sie manchmal gedacht hatte – schon auf die Welt gekommen war.

»Und trotzdem hat Harry gewonnen«, grinste sie.

Er ließ den Kopf hängen, doch dann sah er ihr mit verschmitztem Ausdruck in die Augen. »Aber ich habe geübt«, flüsterte er.

»Was?«

»Schhh! Aber sag es nicht Harry!«

»Nein, ich schweige wie ein Grab. Was macht Beth Ann im Hühnerstall?«

»Den Football verstecken, den sie ihren Brüdern geklaut hat.«

Honor spähte um ihn herum. »Aber sie spielen doch.«

»Weil ich einen zweiten Ball mitgebracht habe.«

Sie lachte und seufzte mit einer Zufriedenheit, wie sie sie noch nie gekannt hatte. Die Leute aus der Gemeinde waren so gut zu ihr und ihrer Familie gewesen. Zwei Monate nach der Verhaftung von Joe Mc-

Bride, waren sie und die Kinder in das renovierte Haus eingezogen. Ihr ehemaliger Schwiegervater hatte nicht einmal versucht, seine Beteiligung an den Mordversuchen an ihr zu leugnen, nachdem die Polizei die Überweisungen an den Auftragsmörder bis zu ihm hatte zurückverfolgen können. Und als sie Christophers Geld bekommen hatte, hatte sie der Gemeinde eine große Summe gestiftet, sodass die Kirche renoviert und zu neuem Leben erweckt werden konnte. Sie freute sich, dass sie endlich genügend Geld zur Verfügung hatte, doch sie war gleichzeitig fest entschlossen, es für die Sicherung der Zukunft ihrer Kinder zu verwenden – und eine Menge Gutes damit zu tun.

»Bist du glücklich, Honor?«

»Ja. Es ist ein ganz neues Gefühl für mich.«

»Das freut mich. Ich hoffe, dass dieses Glück auch etwas mit mir zu tun hat.«

Sie küsste ihn. »Das weißt du doch.«

»Gut, dann ... äh ... willst du mich heiraten? Die Kinder haben schon gesagt, für sie sei es in Ordnung, wenn ich dich frage. Und ich wollte es hier tun, wo wir so viel Schönes zusammen erlebt haben. Ich habe schon jetzt das Gefühl, dass ihr, du und die Kinder, meine Familie seid, und ich würde das gern amtlich machen. Natürlich nur, wenn du es auch willst.«

Tränen traten ihr in die Augen und flossen über, sie konnte nichts dagegen tun. Sie nickte einfach nur. »Es wäre mir eine Ehre, deine Frau zu werden.« Sie lachte und fuhr sich über die nasse Wange.

Eli grinste. Dann streifte er ihr den Ring, den er die ganze Zeit umklammert gehalten hatte, über den Finger. Und als er sich vorbeugte, um sie zu küssen, dankte sie Gott, dass er über sie und ihre Kinder gewacht hatte und dass er diesen ganz besonderen Mann in ihr Leben geführt hatte. Sie dankte ihm auch dafür, dass er sie nicht verlassen, sondern sie zu sich zurückgeführt hatte.

Hinter ihnen brach ein Freudengeheul aus, die Kinder klatschten einander ab und sprangen hoch in die Luft vor Freude. Den einen Arm weiter um den Mann gelegt, den sie liebte, streckte sie den anderen weit aus.

»Ja, ich auch«, brüllte Harry und stürzte zu ihnen. Die anderen folgten ihm und dann wurde sie auch schon fast in einer stürmischen Umarmung erstickt.

Beth Ann wand sich aus dem Gewühl heraus und warf sich in Elis Arme. Er fing sie auf, drückte sie an seine Brust und küsste sie auf die Wange. Sie legte ihm liebevoll die Hände um das Gesicht. »Heißt das, dass ich jetzt Papa zu dir sagen darf?«

Die anderen verstummten. »Nur, wenn du willst«, antwortete er.

»Ich will.«

»Ich auch«, sagte Gus.

Die anderen stimmten ebenfalls feierlich zu. Honor

hatte das Gefühl, ihr Herz müsse vor Glück zerspringen.

»Keine Geheimnisse mehr, versprochen?«, flüsterte Eli.

Sie lachte. »Keine Geheimnisse mehr. Nur noch Liebe.«

»Nur Liebe.«

Und zur hellen Begeisterung der Kinder küsste er sie wieder.

Leseprobe »Vergeltung von Tanner Hollow«
von Lynette Eason

Eins

Es war ein langer Tag gewesen. Claire Montgomery hatte nur noch den Wunsch, sich mit einem leckeren Abendessen und einem Glas kühlem Wasser aufs Sofa sinken zu lassen und das viele Böse, das es auf der Welt gab, zu vergessen. Wenigstens für ein paar Minuten. Doch gegen ihren Willen lief vor ihrem inneren Auge unerbittlich die Liste der Aufgaben ab, die sie noch erledigen musste, während sie ihr Auto in die Einfahrt lenkte.

Sie stöhnte. Die Ruhepause würde warten müssen. Packen war jetzt wichtiger. Seit ihrer Beförderung in die Leitungsebene der forensischen Abteilung in Asheville, North Carolina, vor drei Monaten forderte das Pendeln zwischen ihrem Wohn- und ihrem Arbeitsort einen hohen Zoll an Zeit und Energie von ihr. Deshalb hatte sie beschlossen, sich ein Haus in der Nähe ihres neuen Wirkungsortes zu suchen. Wenn man ihr nicht gestattet hätte, zwei Tage in der Woche von zu Hause aus zu arbeiten, hätte sie sich schon längst eine Wohnung im Umkreis ihres neuen Büros suchen müssen. Aber sie wollte keine Wohnung mieten. Sie wollte ein Haus, das ihr gehörte.

Bald würde sich ihr Dienstplan ändern. Dann würde ihre Anwesenheit im Büro an fünf oder sogar mehr Tagen in der Woche erforderlich sein. Deshalb musste sie jetzt umziehen, wenn sie das Heim, das sie zu kaufen plante, auch ein bisschen genießen wollte.

Claire parkte in der Auffahrt. Das gemietete kleine Haus, in dem sie momentan wohnte, war der erste Ort in ihrem Leben, der ihr das Gefühl gab, zu Hause zu sein. Sie würde es vermissen – und ihren netten Vermieter, Mr Abrams, ebenfalls.

»Es gibt noch viel zu tun, ehe du auch nur daran denken kannst, dich in das Projekt Hauskauf zu stürzen, also hör mit dem Wunschdenken auf und geh hinein ins Warme«, befahl sie sich selbst.

Sie nahm die Tasche mit ihrem Laptop und den anderen Arbeitsunterlagen vom Beifahrersitz, stieg aus ihrem SUV und schlug die Tür zu. Es war, obwohl erst kurz nach achtzehn Uhr, bereits dunkel. Schließlich war Winter in Tanner Hollow. Und laut Wettervorhersage sollte der November dieses Jahr besonders kalt werden.

»Ich glaube, die Wetterfrösche hatten diesmal recht«, murmelte sie und schauderte vor Kälte, als ein eisiger Windstoß seinen Weg unter den Kragen ihres dicken Mantels fand. Sie musste mit dieser dummen Angewohnheit aufhören, laut mit sich selbst zu sprechen. Irgendwann würde jemand einen falschen Eindruck bekommen und sie für verrückt erklären.

Claire eilte die Verandastufen hinauf. Auf der zweiten Stufe blieb sie unvermittelt stehen, dann sprang sie zurück auf den Boden vor der Treppe. Sie hatte auf der ersten Stufe einen schlammigen Fußabdruck entdeckt.

Seltsam, nirgends ein Paket. Es konnte also nicht der Paketbote gewesen sein. Dann sah sie den zweiten Abdruck auf der zweiten Stufe. Und noch einen rechts von der Tür.

Sie stieg die Treppe wieder hinauf und griff mit behandschuhter Hand nach dem Türknauf. Abgeschlossen. Gut, also war jemand die Stufen zu ihrem Haus hinaufgestiegen und wieder gegangen.

»Hi, Claire.«

Sie wirbelte herum. Neben ihrem Auto stand Levi Harrison, ihr Nachbar. Levi war Autist – und fasziniert von Verbrechen, was bedeutete, dass er fasziniert war von ihr. Sie fand daran nichts Unheimliches. Er hatte einfach ein echtes Interesse an ihrer Arbeit.

»Hi, Levi. Was machst du denn hier draußen?«

»Auf dich warten.« Er zog den Kopf ein. »Ich habe gewartet, dass du nach Hause kommst. Vielleicht kannst du mir ja noch ein paar Geschichten über die bösen und die guten Jungs erzählen. Und wie die Guten die Bösen ins Gefängnis werfen, weil die Bösen immer auf die eine oder andere Weise Spuren hinterlassen. Und über dein neues Mikroskop. Vielleicht kann ich es ja sogar mal ansehen?«

Sie musste wie immer lächeln über seine gestelzte Sprechweise. »Das neue Mikroskop steht in meinem Büro. Und ich kann dir heute Abend leider keine Geschichten erzählen, aber vielleicht morgen.«

»Nein, heute. Bitte. Und das alte Mikroskop genügt auch, das in deinem Arbeitszimmer hier zu Hause. Das ist auch toll.« Seine Augen richteten sich auf einen Punkt neben ihrem linken Ohr.

»Tut mir leid, Levi.« Sie konnte jetzt einfach nicht über ihre Arbeit reden. Nicht nach dem, was heute passiert war. »Aber wie wäre es, wenn du morgen um die Mittagszeit kämst? Dann mache ich Pause und erzähle dir eine Geschichte, zeige dir einen Objektträger unter dem Mikroskop und vielleicht habe ich sogar einen Dinosaurier für dich.« Auch von allem, was mit Dinosauriern zu tun hatte, war der Zwanzigjährige zutiefst fasziniert.

»Okay. Das ist spannend. Das kann ich machen. Danke.« Er wandte sich zum Gehen und dabei fiel ihr Blick auf seine Füße. Wanderstiefel. Ihr Herzschlag beruhigte sich. Wahrscheinlich war er die Stufen hinaufgegangen, um durch das Fenster zu schauen und nachzusehen, ob sie zu Hause war, obwohl ihr Auto noch nicht in der Einfahrt stand. Levi konnte sehr hartnäckig sein. Meistens kam sie gut damit zurecht, doch heute Abend hatte sie nicht die Kraft dafür und war dankbar, dass er ihr Nein akzeptiert hatte.

»Levi, hör auf, das Haus zu verlassen, ohne es mir zu sagen.«

Beim Klang der harschen Worte drehte sie sich um und entdeckte einen anderen Mann, der an dem schmiedeeisernen Zaun zwischen den beiden Grundstücken lehnte. Sein Blick wanderte zwischen ihr und Levi hin und her.

Bart Wells, Levis Cousin und Vormund. Sie mochte Levi, ja, sie konnte seine Gesellschaft sogar genießen. Die Unschuld ihrer Gespräche freute und erfrischte sie. Sein Cousin hingegen war ihr unheimlich. Sein Betragen war jedoch noch nie in irgendeiner Weise unangemessen gewesen, deshalb konnte sie keinen konkreten Grund dafür anführen, warum sie ihn abstoßend fand. Sie winkte ihm trotzdem zu.

Bart erwiderte die Geste, ohne zu lächeln. »Sie sollten ihn nicht noch ermutigen«, sagte er.

Claire zog eine Braue hoch. »Wie meinen Sie das?«

»Ihm Geschichten erzählen und ihm weismachen, er könnte jemals einen Job wie den Ihren machen. Er ist ein guter Bauarbeiter und unter meiner Anleitung hat er ein Auskommen.« Barts Transporter stand in der Einfahrt. Sie wusste, dass Levi ihm tagsüber half. »Aber wenn Sie ihm Flausen in den Kopf setzen, Sachen, die völlig außerhalb seiner Fähigkeiten liegen ...«

Er brach ab und ballte seine kräftige Hand zur Faust. »Lassen Sie das einfach sein. Es ist grausam, ihn so zu bestärken, also lassen Sie ihn in Ruhe.« Er nahm Levis Hand und führte ihn ins Haus.

Claire sah den beiden mit offenem Mund nach, dann seufzte sie. War es wirklich grausam?

»Nein, ist es überhaupt nicht«, murmelte sie zu sich selbst. Levi hatte großes Potenzial und erinnerte sich stets an jedes Detail, das sie ihm erzählte. Von einem solchen Gedächtnis konnte sie nur träumen. »Wahrscheinlich wird er uns alle überraschen und eines Tages mein Boss sein.« Sie lächelte bei dem Gedanken.

Claire zog ihren Mantel fester um sich, lief die Verandastufen hinauf und schloss die Haustür auf. Drinnen empfing sie eine wohlige Wärme, die ihre angespannten Nerven und kaum noch beherrschbaren Gefühle beruhigte.

Sich aus dem dicken Mantel zu schälen und ihn an die Garderobe neben der Tür zu hängen, kostete sie ihre letzte Kraft. Sie stolperte zum Sofa, warf sich bäuchlings darauf und versuchte, sich wieder zu fassen. Es war ein harter Tag gewesen, härter als die meisten. Die Bilder, die sich ihr am Tatort geboten hatten, hatten sich tief in ihr Gedächtnis eingegraben und überwanden immer wieder ihre sorgfältig errichteten Schutzwälle. Es gelang ihr nicht, sie zu verdrängen. Ein Vater hatte sein Kind ermordet, weil es den Behörden nicht gelungen war, es zu schützen. Bittere Galle stieg in ihr auf, als die Vergangenheit sie einholte.

Ein dumpfer Schlag hinten im Haus ließ sie erstarren – die Erinnerungen verflüchtigten sich. Plötzlich war sie wieder ganz im Hier und Jetzt. Mit dem Adrenalinstoß kehrte auch ihre Kraft zurück, und sie sprang auf.

Claire machte einen Schritt auf das Geräusch zu, blieb stehen, griff nach ihrem Handy und wählte den Notruf. Im Moment war es ihr egal, wenn sie wie eine Närrin dastand, weil es nur eine Maus war. Oder ... so etwas.

Der Dielenboden knarrte. Ihr Herzschlag beschleunigte sich. Eine Maus war es schon mal nicht.

»Notrufzentrale.«

»Claire Montgomery. Bei mir ist jemand im Haus«, sagte sie leise, während sie rückwärts auf die Haustür zuging. »Ich gehe hinaus, ich bin in ...«

Eine Gestalt in dunklem Kapuzenpullover und mit schwarzer Skimaske trat aus ihrem Schlafzimmer und stürzte auf sie zu. Der Aufprall auf dem Boden nahm ihr den Atem.

* * *

»Derek St. John. Nicht zu fassen, dass du tatsächlich da bist«, sagte Sheriff Nolan Tanner. Er saß in seinem

Streifenwagen. Derek hatte auf dem Beifahrersitz Platz genommen.

»Tja. Und das für ganze zwei Wochen.« Derek grinste ihn an und zuckte mit den Achseln. »Selbst schuld. Du hast mich eingeladen und ich brauche dringend eine Auszeit. Ich hoffe doch, dass die Einladung noch gilt!« Das Grinsen drohte zu erlöschen.

»Aber klar doch.« Nolan wählte seine nächsten Worte mit Bedacht: »Du hast mir gesagt, du und Elaine würdet euch trennen?«

Derek seufzte. »Mir war klar, dass etwas nicht stimmte, aber sie wollte nicht darüber reden. Schließlich habe ich sie einfach gefragt.«

»Was gefragt?«

»Ob sie glücklich ist. Sie hat Nein gesagt. Wir haben uns ausgesprochen und beschlossen, dass es das Beste ist, einen sauberen Schnitt zu machen. Und nicht zu heiraten.«

»Tut mir leid, Junge. Das muss wehtun.«

Das hatte es. »Es ist jetzt sieben Monate her. Letzte Woche hat sie mich angerufen und mir gesagt, dass sie mit dem besten Freund ihres Bruders verlobt ist.«

Nolan stieß einen leisen Pfiff aus. »Aua! Das tut noch mehr weh.«

»Ja, schon, aber überraschenderweise freue ich mich tatsächlich für sie.«

»Du bist ein besserer Mensch als ich.«

»Ich weiß nicht, ob das überhaupt möglich ist.«

Nolan lachte. »Und wie geht es deiner verrückten Familie?«

»Die ist noch immer verrückt, laut – und wunderbar. Sie haben mir unglaublich geholfen, obwohl ich sie nicht mal darum gebeten habe. Ehrlich – ich weiß nicht, was ich ohne sie täte.«

Das Funkgerät unterbrach ihr Gespräch. Nolan nahm den eingehenden Ruf an.

Derek schüttelte den Kopf über sich selbst. Er hatte zwar die Wahrheit gesagt, was seine Gefühle für Elaine betraf, doch das, was ihn wirklich bedrückte, hatte er nicht angesprochen. Er war jetzt sozusagen ein Außenseiter in seiner Familie. Seine fünf Geschwister hatten alle ihren Seelengefährten oder ihre Seelengefährtin gefunden und waren dabei, eine Familie zu gründen.

In den letzten Jahren hatte er zugesehen, wie eins seiner Geschwister nach dem anderen sich verliebt und geheiratet hatte, während seine Beziehung zu Elaine vor sich hin gedümpelt hatte. Es war einfach bequem gewesen. Er hätte gern geheiratet und wünschte sich eine Familie, doch er wollte nicht heiraten, nur um die Leere in seinem Leben auszufüllen.

Der Bruch hatte wehgetan, das stimmte, doch es war auch eine Befreiung gewesen. Er würde schon noch der richtigen Frau begegnen. In dem Moment tauchte vor seinem inneren Auge das Bild einer jungen Frau aus Tanner Hollow wieder auf, das ihn in den letzten

Monaten immer wieder verfolgt hatte. Doch sofort schüttelte er den Gedanken wieder ab. Jetzt würde er erst einmal zwei Wochen Urlaub in dem ruhigen Städtchen Tanner Hollow in North Carolina machen und sich so richtig entspannen und erholen.

Der Streifenwagen schoss los, Nolan stellte die Sirene an.

»Was ist denn los?«, fragte Derek. Sein Puls war sprungartig in die Höhe geschnellt.

»Irgendwer ist bei Claire Montgomery eingebrochen und greift sie an. Gut, dass du Polizist bist, du wirst mich nämlich begleiten. Hast du deine Waffe dabei?«

»Immer.«

»Betrachte dich als Tanner Hollows neuesten Hilfssheriff.«

Mehr lesen Sie im Buch »Vergeltung von Tanner Hollow«,
ISBN: 978-3-7751- 6179-4

Dank

Ich danke meiner fantastischen Familie.
Ich liebe euch alle, ihr verrückter Haufen!